2016 中国诗歌年选

中国诗歌学会 主编

周所同 吕达 编选

SPM
南方出版传媒
花城出版社
中国·广州

图书在版编目（CIP）数据

2016中国诗歌年选 / 中国诗歌学会主编；周所同，
吕达编选. -- 广州：花城出版社，2017.1（2020.6重印）
（花城年选系列）
ISBN 978-7-5360-8179-6

Ⅰ. ①2… Ⅱ. ①中…②周… ③吕… Ⅲ. ①诗集—
中国—当代 Ⅳ. ①I227

中国版本图书馆CIP数据核字（2016）第296141号

丛书篆刻：朱　涛
封 面 图：苹婆山鸟图

出 版 人：肖延兵
责任编辑：蔡　安　李珊珊　欧阳蕶
技术编辑：薛伟民　凌春梅
封面设计：庄海萌

书　　名　2016 中国诗歌年选
　　　　　2016 ZHONGGUO SHIGE NIANXUAN
出版发行　花城出版社
　　　　　（广州市环市东路水荫路 11 号）
经　　销　全国新华书店
印　　刷　河北远涛彩色印刷有限公司
开　　本　787 毫米×1092 毫米　16 开
印　　张　20.5
字　　数　300,000 字
版　　次　2017 年 1 月第 1 版　2020 年 6 月第 2 次印刷
定　　价　39.00 元

如发现印装质量问题，请直接与印刷厂联系调换。
购书热线：020 - 37604658　37602954
花城出版社网站：http://www.fcph.com.cn

目录　contents

跟着诗歌走

——2016 中国诗歌年选序

周所同

编定 2016 年度诗选，按惯例要有些交待文字，给读者也给自己。而编辑这类诗歌读本，遗珠之憾不可避免，推卸或承受都令人难堪。稍感宽慰的是，经过近一年来的追踪、翻阅、遴选和甄别，从数以千万计作品中，终于挑选出 300 余件，略去卷轶浩繁的工程及辛劳不说，掩卷之余，这些散着墨香的诗篇，便有了重量。

跟着诗歌走，这话听起来有点矫情，其实，是想说我们更重视诗歌的文本意义与诗学精神；入选作品尽量本着这一标准，进行考量；无疑，这是一项极为复杂的工序，关系到一首诗生成的秘密，涵盖的内容，达成的高度，以及可能辐射的面积和产生的美学效应；当然，更不能或缺应有的文化自信。当前，就数量、传播途径、呈现方式、关注视角而言，诗歌确是多元格局，群雄争锋，空前繁荣；但不可否认的另一种现状是：为数多多的作品，穿着同样颜色、式样、质地的衣服，以时尚、流行、趋同为美，却不自知；这类盲目泛滥的作品，举目皆是，仿佛传染病，有病或无病呻吟的患者愈来愈多；如果诗一味甜腻、闲散，一味自吟自怜，势必会缺盐少钙、直至软骨，遑论走远？又如何与生活、生命中的意外相遇？

作为读者或者编者，在期待与忧心中选择，辨识真伪、祛除暗疾、厘清杂音，做出准确判断，仅凭阅读经验或感觉，远远不够，还需要有自己的主张：尽力选择那些有血液、有温度、有呼吸、也有烟火气色和审美能力的作品，我们的取舍还要符合广大读者的审美习惯，精神指向，要有时间长度、美学品质和时代气象；如果说，我们的努力已经初步达成，选入本书的诗人和作品，就会向我们靠近，就是离读者最近的人。

这部选本送到读者案头时，应该是来年的初春时节了。选本中的诗人和作品大多数是新鲜的，甚至也是陌生的，与春天气象应是吻合的；那些多年来一再出现在各种版本里的重量级诗人，反而少见了，这也是我们的苦心。不是他们没有新作，而是我们想更多地推出新人，新人更需要发现、培植，也更重视初次亮相，并送他们一程；此外，我们有意识地格外关注到少数民族诗人的作品，尽管他们也是汉语写作，但由于地域风情不同，生存环境或经历不同，有些诗人宗教信仰也不同，所以，他们的作品会带给读者更多异样的感觉；而艺术的本质，则是求异不求同的，这也是我们编辑本年度诗选的初衷。

最后，要感谢花城出版社，多年来一直关注诗歌的编选出版工作，年度诗选在读者中具有广泛影响和品牌效应，作为合作者，责任与压力同在，这也是我们须臾不敢懈怠的原因；还要感谢诗人吕达，每首诗都由她鉴别和挑选出来，并做了大量案头审读、录入工作，应该说，没有她无私付出，就没有这部年选；而我只算一个陪读者，我品尝了她摘来的果实，有些不劳而获，如果不说出来，心会不安，脸会更红啊。余下的就是期待，期待读者认可并喜欢这部年选吧，而从现在起，明年编选工作，其实已经向我们走近或开始了。

最后，在此敬告各位读者的是：

由于中国诗歌学会极为需要目前发表诗歌的各种纸质版本，故敬请全国各级文联、作协，及广大诗歌作者、专家、研究者、民间社团等能将明年印刷的诗歌刊物惠寄给中国诗歌学会，以支持此项工作。邮寄可采取"到付费"形式。

中国诗歌学会的邮寄地址是：

北京市海淀区西直门外大街中坤大厦 16A 中国诗歌学会《年选编辑组》收。

诗歌电子邮箱发送：762751239@qq. com

中国诗歌学会官方微信平台：zgsgxh2014

中国诗歌学会网址：www. zgsgxh. com

联系电话：010－56500570 吕达

谢谢大家！

2016 年 10 月 21 日于北京

重镇·报纸杂志诗选

阿布司南 a bu si nan 的诗 （藏族）

嘉央老人

拐杖已撑不住弯曲的年龄
你的头顶全部荒芜
而你年轻时的犁很有名气
那些咳嗽是你的语言
总是从房墙上跌落
凹凸不平的村道没有知觉
你在村边蹲成粗糙的树桩
令人想到寻根
土层太厚完全是另一码事
你用浑浊的眼睛注视天
或者注视地
不知有什么意义和道理
你必须靠在那堵墙上
一阵没有方向的风会把你吹倒
你的儿子出远门了
你的酒瘾很大烟瘾很大
那些醉话却无人听得明白
你最深的皱纹来自某年某月
日月长了胡须的时候

有一头牛和一只狗与你做伴

你的耳朵提前关闭了

你觉得很幸福

喉咙亦没了声音很不容易

人们似乎忘记了你

这都无关紧要

反正你老了

（原载《草地》2016 年第 4 期）

阿顿·华多太

a dun · hua duo tai 的诗（藏族）

人的一生

室内安静得要死

我吐出一口烟

顺着它的方向

开始思考人生

窗帘上那些褶皱

开始泛起波浪

迫使我起航

在洋面上

第一波浪打了过来

那是我的童年

在追玩一个毛蛋

第二波浪来的时候

已是高考前夕

我梦见自己的分数

在一张红纸上

紧接着，第三个波浪也来了

打到我的两鬓

一些白发像耸立的哨兵

防守着寥寥黑发

一声叹息

我看见那一口白烟

像雾一样散去

（原载《广西文学》2016 第 7 期）

阿珑 a long 的诗

再吸一支烟

她是我的咳嗽

她是习惯的手伸进口袋里的安心

她是我叼着就上瘾的女人

妻子的情敌和女儿的埋怨

她是男人们的见面礼

吞云吐雾的闲聊

她是我上楼时粗重的喘息

感冒时发焦的胸口

从食指与中指间弹下的灰烬

昨天在河东，今天又在河西

避在阴雨的屋檐下，转身又是晴天

明天你会在哪里？

再吸一支烟，既然你还爱着这人间的无常

爱着落进身体里的悲欢

爱着无可奈何的暗疾

爱着炊烟升起、灯火阑珊

（原载《中国诗歌》2016 年 4 月）

阿炉·芦根 a lu · lu gen 的诗（彝族）

小凉山

每次谈论小凉山，就相当于把我家遗世的老毕摩请了来

把我留在坡坡地的妻子请了来

把我和孩子的咿呀童音请了来
每次倒身在夜晚，喉结一样的小凉山，在我的颈项里抽动

（原载《滇池》2016 年第 5 期）

阿鲁 a lu 的诗

雨

穿黑色 T 恤的男子
在阳台上看雨——
一张废弃庙宇的脸

黑尾巴的燕子抖动
湿漉漉的翅膀
眼睛里藏着黑夜无数

它只有枯草。它没有
足够多的语言。它没有
废弃的庙宇藏身

（原载《天津诗人》2016 年夏之卷）

阿卓日古 a zhuo ri gu 的诗（彝族）

提及

为了活着

那个咬紧牙关的年纪

跟田埂一样坚硬

一片片麦浪

比忙里忙外的亲人

早熟

蔓延起伏

在那深秋的小山村里

活着

像一种自白，那么庄重

（原载《草堂》2016 年 5 月第一卷）

艾蔻ai kou 的诗

魔术

今夜，翅膀仅用于示爱
欣赏完我的独舞
你的好奇心转移到：脑袋上
亲爱的，我的脑袋
你咬下去吧
咔嚓咔嚓，肥美的青草
亲爱的，我不会说疼

空气里有草的味道
亲爱的，这是上帝的圈套
在康巴诺尔草原
你要吃快一些
超过草原生长的速度

（原载《工人日报》2016 年 6 月 6 日）

安羯娜 an jie na 的诗

缝山针

你在苍穹下，持自己的梭
收集月光，变为月亮的
模样。立在山之巅
你的光芒令人瞩目，
于是，
一些人寻你，且拿拙劣的词
在你身上
丧失自己，让另一些人麻木
我没有足够的
胆量，来试探灵魂，
这里草木不盛，春光好
可是，你悲哀
悲哀缝补的山体
悲哀自己的线没有月光那样长
而我们，需要一根长线缝一缝自己

（原载《延河》2016 年 6 月下半月刊）

白恩杰 bai en jie 的诗

清晨的树林

清晨的树林
寂静而美丽
一缕缕晨雾
在手掌大的叶面中穿行
飘黄的落叶像毛茸茸的鸟儿
在沙沙的晨风中争鸣
露珠落了
一滴一滴的晶莹
我望着那不肯消失的露珠
寻找一双流泪的眼睛

（原载《六盘山》2016 年 4 期）

白宫智 bai gong zhi 的诗

写诗的人

在心里修行，修一个尘世的世
和境界的界。习惯在低处走弯路
攀登极致，把俗世踩到脚下
而足迹，宛若诗行间一群生动的词
隐于香火暗淡的寺庙，默诵心经
反复搬运内心的石头，和魔鬼
经年的内伤和荒芜，此刻
正被温暖的字词慢慢疗养。山高
水长。天阔，云淡。写诗的人
就像报更鸟，正扣响人类的窗口

（原载《山东诗人》2016 年第 1 期）

包苞 bao bao 的诗

水至阔处

现在，我有足够的时间，闭上眼睛，听水缓缓流过
现在，我也早已习惯激愤的浪花，一朵朵熄灭
冬日下午的阳光，饱含高浓度的人生教义，它已经渗透了我的骨头
飞累了的翅膀，也正在返航的路上
不远的地方，有夜的峡谷，但这不足以让我尖叫
时间，早已经填平了我内心的沟壑

（原载《青年文学》2016 年 3 月）

包华其 bao hua qi 的诗

进城的西瓜

和我乡下那些久未进城的穷亲戚一样
天还没亮，它们就起床了
带着浑身的土气和好奇
争先恐后涌向城里的各个集市

瓜熟蒂落。它们内心的甜蜜
像瓜子一样秘而不宣
烈日下，它们默默忍受来自顾客的敲打
这些跋山涉水的西瓜和我那些怀揣梦想的工友一样
在一个个集市，一个个工地，忐忑不安
任人挑选
梦想破碎前，我们都是圆满的

（原载《星星》诗刊 2016 年 6 期）

薄小凉 bao xiao liang 的诗

你

在瓦尔碗篮
即使一枚桐花，一只草鸮
都长成你的样子，我取名为拉尔夫
白瑞德，罗切斯特。不呼喊你的真名
谁都不知道我爱着你，包括你
亲爱的，今晚我要你亲吻
这世上每一只女鬼，她们都死过
不愿投胎，守住黑夜，含着冤屈。她们都是我

（原载《中国诗歌》2016 年 4 月）

北风 bei feng 的诗（藏族）

故乡的你

故乡的你
是甜蜜的糖果
羊羔间散发着你的气息
青草下藏有你羞涩的回眸
春意般的你
就在春天最疲劳的时候绽放
驱逐了一层岁月的灰尘
洗礼了多年沉睡的灵魂
走在通往远方的小路上
衣兜里蹦跳的糖块
就像你　就是你

故乡的你
珍藏在我额头上逐渐变深的皱纹里
心口的裂缝间
你像是一桶温暖的泉水
沐浴了我青春流逝的痛和爱
山上瑟瑟发抖的一轮太阳
像你的脸蛋一样圆满

我满怀一房思念
渴望一束可以刺穿我胸口的阳光
一直停留在此时刻

故乡的你
河流一般柔情的你
烈火一般炙热的你

（原载《草地》2016 年第 3 期）

北野 bei ye 的诗

在路上

盲人不仇恨黑夜，驴子不抱怨旷野
怀揣着宝石走在路上的人，像流浪者
深藏一轮明月；而我两手空空
是心有所属之人，我的心为春风吹拂
为秋风落叶，为远方的惆怅疼痛的心潮明灭
而我又总是心系命运和悬念，又总是
被一双手抓住：一边安慰，一边劫掠
我像盲人一样无望，像驴子一样蹦跳
像水中的月亮一样迷惑不解
一个走在路上的人，一个身背悬崖的人

要到哪一座山冈才能放下自己？停歇脚步
或者沉默，沉默到需要被另一个人摇醒
而我自己仍记着前世的伤痕和落叶？

（原载《诗选刊》2016 年第 2 期）

曹利民 cao li min 的诗

老屋钥匙

空心菜和芍药花挤满院子
帮忙的打杂的走亲戚的
谁都没有说到上午出殡的祖母
谁都没有想起她弯腰驼背站在路口迎接我们的时候
谁都不会记得她系着围裙择菜炒菜的样子
谁都不会再谈她指尖僵直怎么也捡不起米粒的样子
她脚面生疮挪动不了身子的样子
现在，我们只谈到老屋：派不上用场了
那个只字不提的人，只是开启故乡与老屋的钥匙
她已没有修复的可能
而我们也被锁在几十公里之外
把别人的方言当作故乡

（原载《诗刊》2016 年 6 月下半月刊）

陈茂慧 chen mao hui 的诗

一部分

这人间烟火，我只爱对了一部分
我清扫卫生，穿新衣
我供奉神灵，在鞭炮声中
拒绝又渴盼。我挽起袖子
抓取或放逐，疼痛已自行离开

我爱的一大部分，只爱对了一小部分
没有相同的羽毛飘落

我看见的明亮，是事物的一部分
我听见的仙乐，是人世喧嚣的一部分
夜晚提纯梦想，白天提纯语言
日子表面波澜不惊。我是你的心事
最尖锐的那一部分

（原载《四川诗歌》2016 第 5 期）

陈跃军 chen yue jun 的诗

月光

我们俩一次次在月光中回家
对于月亮

你有你的发现，我有我的赞美
但是这一刻，月亮是天使
送你去远方的家

以前的三人行
如今却只有两人
你们，我们
谁抛弃了谁都无所谓
我知道这不是背叛

月亮还会回来
你却无归期
其实我希望月光
是一片健忘药
让我忘记这一切

（原载《西藏法制报》2016 年 4 月 20 日）

程 维 cheng wei 的诗

世界正令人绝望地走来

我已经做过告别了
我是说青春，还有爱情，如同炭火般热烈的
我已耻于在诗里说出这些词
我现在要宣布我的中年
甚至更老一些的岁月的到来
像一截结实而带着风霜的原木，上面有黑色虫眼
和疾病。我不怕暴露自己的平庸与丑陋
以及年轻时急于遮掩的肤浅，尽管有了一大把年纪
我承认所知有限，不可能充当导师
把后生引入歧途
我也学不了多少，世界够大的
我再如何走，也是蚂蚁的半径，而世界
正令人绝望地走来。浩瀚的星尘
划过天边，看似小学生在纸上擦下的笔痕

（原载《诗歌月刊》2016 年第 9 期）

池凌云 chi ling yun 的诗

被迫的沉默有一道圆形的伤口

被迫的沉默有一道圆形的伤口
艰辛的日子，你倾听狂风
彻夜筑一座花园
在家乡的河面上。

你用深邃的眼神瞅着一朵
不存在的花，美和孤独
全由自己独享。
你不祈求，也不呼唤
让我的记忆空着
不停去寻找黑暗里的声音。

当新的空白与刀刃
切入血肉之躯，我们震惊于
这纯洁的虚空。我忘了
我们以前都说过些什么。父亲
你敞开的衣领，染上新的血迹
所有话语都默不作声。

我等待你重新开口，我们知道
只有少数人才能真正获救。
有时间你该说说你的绝望
而你从不向我诉说。
你知道，这世界的凄凉
每一个人都得独自承受。

（原载《草堂》2016 年 5 月第一卷）

敕勒川 chi le chuan 的诗

相濡以 "默"

我们越来越像一对上了年纪的人了，常常
坐在一起，好长时间
也不说一句话

似乎已没有什么可说的了
似乎再说一句，就已经是多余的了，是
画蛇添足

常常，就那么默默地坐着，让时光
像一个走累了的旅人，在我们中间
轻轻坐下，歇歇脚，喘口气

让一壶水慢慢地开着，让一杯茶
静静地凉着，那些飞舞的尘埃，就让它们
那么随意地飞舞着……

偶尔抬起头，目光也不再相碰，只露出
两粒淡淡的微笑，仿佛
爱情原本就是沉默的，像大地

（原载《飞天》2016 年第 10 期）

窗 户 chuang hu 的诗

晒大白菜的下午

秋天明净如水。天空寂静无声
整个村子仿佛剩下我和母亲两个人
劈好的木柴，靠在墙角
一棵棵洗净的大白菜，一会儿工夫
就被母亲整齐地倒挂在院子里。水
滴下来，落在地上
很多年后，依旧发出
啪嗒、啪嗒的回声

（原载《扬子江诗刊》2016 年第 2 期）

大卫da wei 的诗

在施家沟跑旱船

哦，我的神，你是让我飞么
给我山巅和山巅之上的风
给我积雪与闪电
给我一万个牛皮鼓

我解放了腰肢
它是决堤的河流
我用丝绸跳舞
钗子与锣都在节奏里

换上那件红上衣
我就是火柴了
鼓呵，我求你敲得
再快一些

求你把我身体里的男人
敲出来
求你把我胳膊里的黄金
敲出来

求你让我光芒万丈之后
再让我
光芒万丈地熄灭

我把闪电带来
我让河流走开

鼓哦，敲得再猛烈些吧
此刻，一切皆是你的——

我的神在踝关节
我的神在肘关节
我的神在指尖
我的神在膝盖

我的神
穿着我的身体前进
一如火焰穿着
灰烬

哦，鼓，你再疯狂一点
我的心跳在踝关节
我的灵魂在膝盖

（原载《大观文学》2016 年 1 期）

戴潍娜 dai wei na 的诗

帐子外面黑下来

你说，我们的人生什么都不缺
就缺一场轰轰烈烈的悲剧

太多的星星被捉进帐子里
它们的光会咬疼凡间男女
便凿一方池塘，散卧观它们粼粼的后裔
你呢喃的长发走私你新发明的性别
把我的肤浅一一贡献给你
白帐子上伏着一只夜
你我抵足，看它弓起的黑背脊

月光已在我脚背上跳绳，顺着藤条
好奇地摸索我们悲剧的源头

一斤吻悬在我们头顶
吃掉它们，是这么艰难的一件事
亲爱的，你看帐子外面黑下来
白昼只剩碗口那么大
食言，就是先把供词喂进爱人嘴里

为了一睹生活的悲剧真容
我们必须一试婚姻

和平是多么不检点
人们只能在彼此身上一寸寸去死
狮群弹奏完我们，古蛇又来拨弄
它黑滑沁凉的鳞片疾疾蹭过脊柱
你我却还痴迷于身体内部亮起的博物馆
辛甜的气息扎进丘脑，雨滴刺进破晓

在这样美的音乐声中醒来
你是否也有自杀的冲动？

遗忘如剥痂，快快抱紧悲剧
趁无关紧要之物尚未将我们裹挟而去

这些悲伤清晨早起歌唱的鸟儿都死了
永夜灌溉进我们共同的肉身
愿我们像一座古庙那样辉煌地坍塌
你背上连绵的山脊被巨物附体
我脑后反骨因而每逢盛世锵锵挫疼
——你的痛苦已被我占有
帐外的麻将声即将把小岛淹没
我渴望牺牲的热血已快要没过头顶

（原载《四川诗歌》2016 第 5 期）

刀 刀 dao dao 的诗

纠 结 篇

该如何想你，该如何提醒你
像我想你那样想我，该把床单
揉出怎样的褶皱，发出什么样的呻吟
改用哪种修辞，把情事开头的部分
描摹得别开生面，引人入胜
接下去的正文，需要你频繁出场
像一个真正的主角那样
在配角之间周旋，游刃有余
在故乡温柔贤良，宛若初成的种子
尚未剥开，而在异乡就活泼生猛
就与所有陌生人交友
不冷漠，也不热情
不若即，更不若离
像取消了比喻，拟人，象征
的人生报告，你用尽全部力气
在生活的小说里，直奔主题
而纠结接踵而至，繁杂的人物关系
恩恩怨怨，爱爱恨恨
像滴进内心的油污，洗不掉，擦不净

你越用力，那些脏东西
就越快渗入皮肤，钻进肉里
就扎根下来，把你悄悄污染

（原载《大河诗歌》2016 年春之卷）

东 篱 dong li 的诗

仿生学

我还不能分辨她们
不能准确地叫出她们的名字
这丝毫不影响我爱她们
因为爱，我试图阻挡春风
过早地剥掉她们原本就十分单薄的粉衫
更恨自己手拙，不能裁落花为衣
在细雨中惊战的小心脏
想想就叫人心揪在一起了
水嫩，潮红
那无数个萌动的小生命
像，太像了，简直像极了
我由此深深地迷上了仿生学
但是花模仿了人？还是人模仿了花？
当四十多年的误读猛然间被消除

我越发爱她们了
我愿意带她们到祖国的每一个角落
生儿育女
我甚至原谅了那些不经意的忧伤、堕落
多情、放浪和委顿
是的，在有限的春光里
我愿意原谅这一切
因一朵无名的小花
我爱上了整个春天
因几个异样的女子
我贪恋这荡漾的人间

（原载《天津诗人》2016 年夏之卷）

董玉芳 dong yu fang 的诗

迟到

我来晚了，亲爱的
山已是山的形状
水已是水的样子
万物的名字已经确定了下来
不好再去修改

神回到了神的位置
鬼回到了鬼的空间
那些神秘的时刻，我都没有亲眼见证
多么的遗憾
宇宙因为太古老，而不记得我
死一次，活一次
反复太多，就过于透明
失去了我最喜爱的幽暗

我错过了许多重要的事情
比如父亲和母亲的爱情
比如给我取名字，比如参加我前生的葬礼
赶回下雨的老家

多么的遗憾
该发明的文字都已经发明
写一个错字，就会被发现
害得我，只能给桃树剪枝
给杏树锄草，看乌鸦成群地起飞
爱一个姑娘，就跟她一起
无所事事

（原载《诗刊》2016 年 6 月下半月刊）

毒蝶飞 du die fei 的诗

小石子

铁轨上。有一颗小石子，
是牧羊人放上去的。

为了让青草休息，
他要把羊从这边赶到那边；
隔几天，又赶回来。

他父亲从小石子那里得知：
天气，水源，马车，虎豹，豺狼，雪崩的信息。
他从小石子那里得知：
火车的信息。

火车开过来的时候，
小石子，会在铁轨上跳舞。

（原载《四川诗歌》2016 第 6 期）

段光安 duan guang an 的诗

早春群鸟

鸟鸣清脆
似蘸着溪水
把嗓音磨利
花儿涌动
婉转起伏
春四起
群鸟忽而入林
宛如含苞抽芽
倏地
山野葱翠

（原载《诗选刊》2016 年 9 月）

段若兮 duan ruo xi 的诗

我要做个庸俗的女人

这腰身一定要变得粗壮
不再有杨柳的纤细和媚
难以入诗　不再牵扯热的目光
这乳房也要干瘪　下垂
像是春天被腾空了所有桃花
而我也是空了
让这双手也变得粗糙
不再触摸丝绸和风
只日日洗涤碗筷
和男人衣领袖口的油污
从这脾性中抽取一些软糯
再抽取一些风雅
会打骂孩子　又抱在怀里哄他
哄睡后自己再去偷偷地哭
这嘴唇里说出的语言也将是干燥的
有冲撞力的
适合去菜市场讨价还价
适合和对街那个肥硕的女人
为一只鸭的模糊死亡而对骂

坐在窗帘的阴影里计算水电费
关心晚餐和菜价
从不想念初恋的人
不穿高跟鞋
不研磨咖啡
与所有涂抹口红的女人为敌

让皱纹过来
让白发过来
我们围坐在葡萄架下
说说南坡上高粱大豆的长势
让半生日月归来
让满堂儿孙归来
我们用大粗瓷碗吃饭
碗里盛满土豆　猪肉和粉条

不弹钢琴了
不再烛光下喝红酒
让这目光浑浊　智力下降

不懂前戏
不读任何一首情诗
让我的男人
习惯我身体上的葱花味
和油烟味

（原载《飞天》2016年3期）

铎木 duo mu 的诗

梦的孤鸟

进去时，假日刚过了一半
三十二路计谋，间或沾湿路径
不曾看见那些亲密的战友，甚至早年的麦浪
稻草人头上的鹭鸟，秦岭的马匹

没有人告诉我森林为什么近了
如此刻小雪中的雨丝，它们和窗户同时浮现
我惊诧橙色的哲学嘴唇，一群驻守庙宇的信鸽
它们拥有瀑布和黑暗城堡的肤色
真诚的朋友本来不多，正如爱情的诗篇
挽着鹦鹉颤抖的翅膀

死亡对章节毫无影响，或者它们是洁白的天使
注定飞行于画笔之中，然后落下
动听之弦，落寞之羽

（原载《参花》2016 年 8 月刊）

高 短 短 gao duan duan 的诗

兰州冷

你去了我想去的地方
登机前，你说飞机比想象的旧
我特意查了天气，兰州冷过重庆
所以，你带够了抗寒的棉服吗
如果冷，你会埋怨自己粗心吗
有那么一段时间
我们都在和自以为是者对抗
却从不承认荒谬和真相
是的，如果你拥有了完美的对抗
却还是在室外冻到了脚趾
那就对了，这没完没了的乱套
多像完美缺少秩序的一生

（原载《草堂》2016 年 5 月第一卷）

高世现 gao shi xian 的诗

最后的火焰

有位陌生人要来

那么神秘地要

占领

我的房间

我急促退却

像年老的台灯

为什么不想交往

因为在人群混迹中

我是纸糊的，不要庆典

我的快感

源自

对光的拒绝

（原载《山东诗人》2016 年第 1 期）

谷 莉 _{gu li}的诗

大悲舞

从汉唐开始敲击的鼓
成为落日
深爱的人必须以血净身
才能找回丢失的魂

微弱的烛火倚靠佛陀的足印
未被风吹灭
我舞不出剑
只舞自己的痴心

不要流泪
那曾走在桥上的人
落下溪水，枫叶把涟漪灌醉
我的肩背，又多一缕红绸
把月色追成浮云

笛音袅袅，放出尘世之美
我弯下腰
放出鞋子里的伤

塔尖流霜，钟声持续飞跑
我终于跪下来
向辽远的窗——从此
脱下舞衣，脱下万物之皮

（原载《绿风》2016 年第 4 期）

古马 gu ma 的诗

黄昏谣

小布谷，小布谷
水银泻进了麦地

和村庄隔河相望的坟墓
炊烟温暖而河水忧伤
离过去很近离我不远
黄昏，黄昏是
被白天砍掉了旁枝的
白杨
头戴一颗明星
站在乡间的土路上

水银泻进了麦地

小布谷，小布谷
收起你的声音
最后的红布

请死去的人用磷点灯
让活着的
用血熬油

（原载《中国诗歌》2016 年 4 月）

关爱华 guan ai hua 的诗

落叶

初冬
一层薄霜覆盖了厚厚的落叶
太阳用金色的手指抚摩了它们

从高处，到低处
永恒的又一个轮回
多像以前的先人，和以后的我们

（原载《诗刊》2016 年 6 月上半月刊）

关玉梅 guan yu mei 的诗

村口

　　村口，是一滴泪，挂在离家的门框上。一双眼是望向远方的两道铁轨，不知道，下一个驿站，是不是村口。

　　村口旁，一棵掉牙的柳树，胡须垂地，眼睑浮肿。岁月苍老了容颜，游子依旧是难返的船，搁浅在异地海滩。

　　走进村口，腿分明在抖，喉咙里发出的乡音早已变成了抽泣，跪下去的是双膝，站起的是脚下的土地。

　　村口，是通向母亲的胸怀啊！触摸着母亲的乳头，便可酣然入睡。

（原载《诗选刊》2016 年 4 期）

郭晓琦 guo xiao qi 的诗

鹞子岭

那时候天空格外高远、瓦蓝瓦蓝……
白杨树英俊挺拔。而我幼小
像一只怯生生的旱獭
常常爬上门前的土墩上东张西望
——远处，更远处，黛灰色的鹞子岭静静地侧卧着
冬天会披上残雪，看起来
像是穿着一件露出棉花的破夹袄
岭上没有羊群，没有歌声。但有大鸟
在更高处盘旋、聒噪、俯冲
一会消失随即又出现。有风擦着地面喧嚣，
带走黯淡的沙尘和枯草
还会有人走下来，呼哧呼哧地走下来
壮实、黝黑、木讷，额头上隐隐冒着热气
他背着几张生羊皮，弯腰向我憨笑
"哎！小兄弟，给一碗凉水喝！"
那时候我无比自豪，七岁或者更大一些
就有人把我唤"兄弟"。那时候
我喜欢一只褐色的盛满凉水的陶罐
我喜欢整整一个冬天都扒在门前的土墩上张望

搁三岔五，总会有人从苍茫的鹞子岭上
翻过来，都是来自西海固旱区的男人
阳光和风一样黑的男人
都是背着生羊皮去往北堡镇的男人

（原载《山东文学》下半月 2016 年 1 期）

海 男 hai nan 的诗

我需要

我需要过渡，像伞撑开而合拢
满世界奔跑的诗兽或灵魂，而我需要
再节俭时间，这样我在时间中
可绣花，或者使用剪刀
在很长的时间里，剪刀下落下了头发
啊，我需要仰头就看见吊篮
里面的花需要浇水了。在我头顶
鸟儿在争夺食物，一颗玉米瓜分着
人类的历史是合理的分配
也是英雄或怯弱者的搏斗
我需要在他们之间，找到一个位置
写诗或者避难，这小小的愿望啊
足够挥霍尽我的年华

今天，我在大理洋人街
买到了几双绣花鞋，我想象我
穿上它，脚踝以上是我的裙子
我需要这样度日，将余下的年华
踏踩在水洼里。或者蜕变几层羽毛
扔下杂物，直奔云霄，趋投奔天空
生活，是诗人的朗读
更重要的是彻夜不眠以后的活着

（原载《大河诗歌》2016 年春卷）

韩文戈 han wen ge 的诗

地上的事

要说多少话
才能把地上的事说清楚
我还没有说
一些事就已成了往事
比如乡村上空飞快聚集着
乌云和闪电
天将大雨
每家的大人都开始急呼
孩子与牲畜

吃饭之前也是如此

尘土浮游的街上

大人们会向空无的高处

喊叫着儿女

有时候也相反

一个小孩站在某家的院外

怯怯地喊着他的老子

挨到夜深，乡村入睡

不愿回家的顽童

总被家人拉回

一旦某人的名字

几天不在贫穷的天空飞动

全村人就会念叨或纳闷

这就是乡村记忆

而很多乡下出来的人

却总要否定乡村的温馨

我怀念地上所有的生活

我永远是一部分人的陌生人

（原载《草堂》2016 年 5 月第一卷）

韩玉光 han yu guang 的诗

梨花之诗

倾尽一生，都无法说出梨花之美

更哪堪、我仅剩半生

可以悉数给你。

这天空下的事物

除了你，再无新鲜的面容。

为了一次相遇

我宁可换一颗不老之心

用忘川之水洗去百余斤风尘。

仔细想想，没有比爱更重要的事了

除了内心的花朵

其他都可以省略。

一朵梨花是轻的，仿佛风中的菩提

一朵梨花是重的，就像美与好的拥抱

足以让世界向光线中倾斜。

我说梨花，其实就是

说到了生活的背后——

那不增不减的疼痛与福祉

那蝴蝶一样

正好飞到今日之梦的他日之念。

（原载《中国诗歌》2016 年 6 月）

寒 烟han yan的诗

遗产

——给茨维塔耶娃

你省下的粮食还在发酵
这是我必须喝下的酒
你省下的灯油还在叹息
这是我必须熬过的夜
你整夜在星群间踱步
在那儿抽烟，咳嗽
难道你的痛苦还没有完成
还在转动那只非人的磨盘
你测量过的深渊我还在测量
你乌云的里程又在等待我的喘息
苦难，一笔继承不完的遗产　领我走向你——
看着你的照片，我哭了：
我与我的老年在镜中重逢
莫非你某个眼神的暗示
白发像一场火灾在我头上蔓延

（原载《中国诗歌》2016 年 4 月）

汗漫 han man 的诗

在父亲墓前

终于定居在这里，父亲。
你一生经历过的所有房子、床榻都是过渡。
没有任何悬念了，或许
"悬在墓前树梢上的这些果实是否甘甜"，
成为你长期猜测下去的一个问题？
从老家余冲村，到山下的南阳市，
你走了六十一年。
在这面向阳的山坡睡了十七年。鼾声依旧磅礴？
是否会影响旁边墓碑下的邻居？

母亲已习惯了独自一人的生活，
在我开始发胖的体态和语调中辨别你的遗迹，
独自买菜、煮饭、洗衣、跳健身舞，
对你的亡灵生活充满质疑和好奇，比如
现在，她笑着问你墓碑上的名字：
"是否跟别的女人过好日子去了？"
她终将也躺在这里，与你延续中断了的夜谈。
而你像新婚时期的冬夜提前暖被窝一样，
早已把墓地睡出了热量和草香……

你还能认出并爱着母亲衰老了的容颜吗？
我逐步接近你去世的年龄了，
一张脸渐趋你的遗像，开始理解你中年时代的
头痛、耳鸣、沉默，甚至……某种心动？
你、我遗迹不同时代的人们，
其实没有什么不同。万象归一。
在墓碑前摆上你热爱的酒、花生米、炒苦瓜，
我像钓鱼者投出诱饵——
你禁不住诱惑，就会跃出泥土、重现人间？

我未来的墓地，应该也在这座山上。
你是否期待我们父子之间另一种形式的团聚？
子孙后代将在清明、春节一类日子，
继续来墓地探访，像钓鱼
诱惑我吗浮出死亡。但你我可能都不愿醒来，
因为那么多头痛、耳鸣、沉默和……某种心动，
需要重新排练、表现。继续沉睡吧
父亲，在这面山坡上，你像阶梯剧场后排那个
对山下剧情熟悉得以至于倦怠的失业演员……

（原载《大河诗歌》2016 年春之卷）

何 文 he wen 的诗

月光如水，　皎洁盈天

只有在清澈的水边，月光才如水一般地流淌。

从不泛滥，抑制不住的爱涨到天上，也不会让世界受难。

无论从左岸还是右岸，都可以直接走到梦里。

在河水里，洗一洗爱人的名字，就会镀上银的光芒。在茫茫的
人世，闪着耀眼的光芒。

太阳照耀过的，必须经过这水的施洗才算完满。

爱着的人，请将彼此的名字在月光下晒一晒，在河水里洗一
洗。如果没有褪去最初的感动，你们就是上天安排好的一对。

你们的名字，将被月光镀上不朽的皎洁。恩与爱，与月下的月
河水一般，水乳交融，分不出光还是水。

(原载《四川诗歌》2016 年第 5 期)

黑牙 hei ya 的诗

静 物

在一首词或一幅画中呆久了
就会有一根根丝线般的触角
从纸质的，木质的，石质的
或水质的身体里钻出来

它们不会以为是梦，不会因为
错失了窗外的日出和日落
一场雨的缠绵不休
一阵风的歇斯底里，而懊悔

在一个房间里呆久了，全身的
骨头，都会变成乐器
夜里，它们不断地摩擦
碰撞，演奏着一曲弦外之音

（原载《诗刊》2016 年 6 月下半月刊）

红土 hong tu 的诗

馈 赠

当鸟声出现时
上帝给了我耳朵
当花朵出现时
上帝给了我双眼
当阳光出现时
上帝给了我情欲

上帝是我的父亲和情人
我喊他
他随时就会到我身边来

（原载《中国诗歌》2016 年 7 月）

洪瑜沁 hong yu qin 的诗

时间密码

种植密码的人，隐于三界之外
他正抱着云朵
磨尖闪电的利器
天国的马车隆隆，满载人间秘密

闪电击中相爱的男女
雨水启动种子的生长
白昼诞下黑夜的子嗣
春天的火焰，燃尽荒芜

"时间是时间的灰烬"
——谁能穿越虚无之门
将光阴的补丁，缝上沧桑的衣襟？

拥抱火焰的，必将拥抱灰烬
品尝繁华的，必将品尝凋零
荣耀高处的，已没入尘土
遍地新生的，正卷入重来

时间密码缔造了万物的伤痕
你的辽阔，还在轮回的路上

（原载《诗刊》2016 年 6 月下半月刊）

洪 烛 hong zhu 的诗

成吉思汗的战旗

我的战旗不需要旗手
自己就会行走。总是冲在队伍的最前面

我的战旗长着两条腿
可以跋山涉水。没有它去不了的地方

我的战旗也会骑马，在马背猎猎飘扬
那是给战马插上翅膀

谁说草原上只有小草没有大树
我的战旗插在哪里，哪里就有树荫
就有刀枪的森林

即使我的战士纷纷倒下，他们的腰杆
还是跟旗杆一样，挺得笔直

即使我也倒下了，战旗却不会倒下
它和我的战马一样
连睡觉都站着啊

（原载《张北文艺》2016 年第 2 期）

侯 明 辉 hou ming hui 的诗

与父书

不管是骑在你的肩头，还是躺在你的怀里
也不管你在人间劳作，还是在天堂漫步
我从未曾对你说过：我爱你
仿佛这句话一说出来
就亵渎了你给予我的生命、爱和善良

青草坐满山坡，众神呵护四方
天堂和人间，是不是只隔着这堆黄土
只隔着香烛、纸钱和这流逝的时光
消瘦，咳嗽，微微驼着背
老实本分的父亲，带着灌满铁粉的肺叶和不舍
把自己搬到了这张黑白照片的背面
剩下的心跳和疼痛，寄存在我的身上

灯笼互为倒影，火焰互相呼唤

我嘴唇紧闭，默默流泪，流泪地想

七月十五，十月初一，正月十五…

每一个日子，都是一列直达天堂的火车

若干年后，我就会来到你的身旁

父亲这一走，已经十五年了

多少次，我都想对泥土下的父亲说："我爱你"

可嗓音里跑出来的总是："娘身体尚好，

儿孙听话、孝顺、今日气温转凉…"

父亲，为了这三个字，我特意安排了这个春天

安排了这虔诚的细雨和草叶

我要把这句话，视为一脉单传的秘籍

小心翼翼地传授给我的儿女和后人

好让你给予我的爱，永不失传！

（原载《星河》诗刊 2016 年夏季卷）

胡正刚 hu zheng gang 的诗

夜雨独饮，兼怀友人

想到一生中亏欠的人

想到灯前细雨檐花落

想到久别重逢的旧时光里

一场场把他乡，喝成

故土的痛饮。想到雨夜

隔山岳，世事两茫茫

就忍不住

把空了的酒杯

一次次加满

忍不住，把咽下去的酒

都当作前世的明月和

今生的流水

（原载《威宁诗刊》2016 年 2 月）

华秀明 hua xiu ming 的诗

一条鱼

一条鱼，像刀子一样，从水里划过

它要把水剖成两半

它划过去了

它的速度有多快，水的愈合速度

就有多快

我看到过，一条鱼从瀑布上
切上去
阳光下，那条鱼就像
一把寒光闪闪的匕首

很多时候，不是鱼划伤了水
而是水把鱼抛了出来
离开了水的鱼
什么也不是了，尽管它的外形
仍然像一把刀子

（原载《诗刊》2016 年 7 月号下半月刊）

黄芳 huang fang 的诗（藏族）

在另一个年代

——致艾迪特·索德格朗

透过你又大又灰的眼睛
我看见满载军队和难民的火车
穿过另一个年代的铁轨
你在乡间别墅里咳嗽
老式罩衫晃动时，你的孤单
被嘲笑

你写诗，抛弃格律和韵脚

它们像不守妇道的女人

被嘲笑

在另一个年代

我和你一起失眠，困顿

带着结核病

寻找国籍和自由

最后，时光停在

摇摇欲坠的乡间别墅

死神和不曾存在的上帝握手言和

黑暗中

你眼睛又大又灰，一直

在微笑

（原载《夜郎文学》2016 年第 2 卷）

黄土路 huang tu lu 的诗

霜降

我的记忆还停在春天那个下雨的夜晚

雨敲着棕榈，葡萄架，还有坚硬的石头

我不承认后来的整个夏天

就连这个天气微凉的夜晚我也不承认

不承认我去过这里那里

后来有一天又回到了湖边

青草都已枯黄，花都已凋零

如果我不承认

似乎明年它们还会再长出来

（选自《天湖》2016 年第 1 期）

黄 刚 huang gang 的诗

读秒

用心或眼　读秒

从生命分娩的第一秒开始

到气息闭合的那一秒终结

一秒一秒

堆成一生

花鸟虫鱼

禽兽灵长的一生

将一秒放大千倍

催生千万种可能

花蕾绽开粉面春色弥漫大地

精灵冲破蛹茧蝶变诞生大观

慧能双手合十顿悟千古一偈

李耳斜上青牛倾听古道不朽

苹果落地

青蒿摇曳

真理盛放

大观恣肆

用心或眼　读秒

独步时间的罅隙

将每一秒累积成一种能量

用虔诚专注每一个点——

天心　地心　人心

捕捉千分之一的顿悟

融合　点燃　爆炸

升华原子的高度

延伸生命的长度

拓展河流的宽度

徜徉时间隧道

零时零秒昼夜之界

须臾之间正反立判

刀落下

死从那一秒开始

生也从一秒开始

一张口一闭口　咀嚼出忠奸

一点头一晃脑　勾画出正邪

一跃身一缩脚　显露出勇怯

一秒　可读出庙堂囚笼

一秒　可读出荣耀屈辱

读出两个世界两重天地

叶青花放　天暖河开

最关键的一秒

聚于掌心

握紧还是放逐

由你抉择

时间的砺石敲击着思想

日月的齿轮打磨着灵感

原子的新生

草木的新生

我们的新生

从花季

出发

（原载于 2016 年 2 月《诗歌月刊》）

惠永臣 hui yong chen 的诗

寻人启事

谁见到过罗栓龙，请告诉我一声

我四十年前借过他一元钱

那时我饿得发昏

我用他的一元钱救过自己的命

这么多年，我很少回家

有过一次，碰到过他

还他一百元，我说包括利息

他佝偻着腰身，红着脸，硬是说没零钱找我
让我以后再还

这以后，再没见过他
有人说，在乌市的一家监狱见过
有人说，在东莞一家洗头房见过
有人说
他在兰州，穿着破烂，沿街乞讨
也有人说，他从一家建筑工地的半拉子楼上
摔下来，被包工头偷偷地
在荒郊挖坑
掩埋了
有人说，他发家了，娶了两房太太
一家在广州，一家在北京
他衣冠楚楚，坐着豪车
两头奔波……

不管怎么说
谁若见到他，请告诉他：
他的老母亲前年已经过世
村里人帮他抬埋了
他的老婆
被村长强奸，后发疯，现在见谁骂谁
他最疼爱的姑娘
在某市洗浴中心，遇到了大款
现在珠光宝气，生活很幸福
让他勿挂念

（原载《诗刊》2016 年第 6 期）

霍秀琴 huo xiu qin 的诗

想起父亲， 母亲

桃花又开了，屋檐下
燕子开始筑巢，我知道
如果父亲还活着
一定正忙着
为园子里的黄瓜苗插上篱笆
如果母亲还活着
她也会在做缝纫活的间隙
走到村外，瞅瞅
小路上，会不会有归来的儿女们。
最近几天，阳光一天比一天温暖
依稀看见父亲，坐在无风的午后
讲述着战争年代
那些值得他一生骄傲的事情。
万能的神，如果可以
我想祈求一些光阴
为我的父亲和母亲：让他们继续活在人间
让他们在镜中，互相打量
彼此的白发，像芦花
高过往来的秋风。

（原载《晋中日报》2016 年 4 月 6 日）

极目千年 ji mu qian nian 的诗

对峙

在落儿岭，总感觉身边
跟着一个隐形人
无论我坐下　站立或者奔跑
它都好像我另一个影子
比秋风，要凉一些

落儿岭是我乘车路过时
看到的一个站名
岭上，大片的玉米不再苍翠
霞光透进去，照见垄间
一个若有若无的农人

当火车停靠在落儿岭
窗外的风景渐渐平静
靠近我最近的坡地
阳光柔软
一块斑驳的墓碑
和它短短的影子

什么时候，在跑完人间所有的路后
自己可以拥有
一小块这样的荒芜，这样的
杂草丛生

（原载《蓝陵》诗刊 2016 年 3 月创刊号）

剑男 jian nan 的诗

春天来了，我们要做个无所事事的人

没有必要动土
没有必要清除腐烂的落叶
没有必要以为池塘中的
残荷没有生命的气息
冬天过后，脱下棉袄的人
在风中等待雨水
没有必要焚烧荒草
没有必要剪枝
没有必要移栽幼苗
植物在替大地翻耕它的田野
没有必要打深井
没有必要擦洗犁耙上的铁锈
没有必要掘草木的嫩芽

风吹过幕阜山

万物都跟着轻轻动了一下

没有必要驱赶小动物

也没有必要掐尖和打出头鸟

春天来了，我们要做个无所事事的人

看大地如何自己翻过身，自内而外焕然一新

（原载《中国诗歌》2016 年 7 月）

姜桦 jiang hua 的诗

开 始

从今天开始，我不再

写那些赞美与死亡之诗

卸下所有青春激情的铠甲

用岁月覆盖掉一切理想主义

所有时间，仅用于回忆

从一个人，她蚕豆花的眼睛

想到午夜，湖水淹没的星空

月亮在头顶旋出一顶金黄草帽

那露珠稍显肥大些的裤子

我记住一个人的朴素之美

回忆一对爱着却最终失散的人

在裸露的墓碑前，默诵，祷告

在石头上刻自己的名字，是第一次

哦！"夜河里写字，边写，边消失！"

向一树花朵学会等待

向一块礁石学会隐忍

向一段时间学会宽恕

不再说爱，也不再说……恨

人到中年，我早已不记恩怨

五月的野槐花铺满道路

记住所有过去的好时光

许多年以后，借一片湖水

和一个神对望，用倒影

牢记着那一颗流星的微光

（原载《中国诗歌》2016 年 4 月）

江汀 jiang ting 的诗

奥西普

四月被轻风吹来，

原野上谁在飘荡？

正午将被燥热驱赶，
路上的人们惦记起善良。
就在这四月的下午，
抬头可以望见月亮，
多么美好，
可是有个人
从美好生活中开始晕眩，
他怀抱自己走过街头。

上帝收回他的赠予，
月亮就成了十字架。
生活本质上的缺陷
恰如土地的裂痕。
童年的噩梦隆隆而过，
荷马在房间的一角沉溺。
我们活着，我们心里有着把握，
即使没有世纪，痛苦也高过粮仓。
彼得堡，请将我流放到远东，
那里的人民不信东正教。

我要赞叹北国的天空，
它比我的忧愁更蓝。
一旦伏尔加河抹去迷雾
我就动身启程，
因为那儿的隐晦
像植物般疯长。
有人开始保佑我的死亡，
他从污泥中看出我的影像。
谁也不知道那个人的真实命运，
丘壑和道路堆积起来，
白夜的天空，桦树和雪，
辽阔的幅员好似黑色面包。
苦役和诗歌可真像一对兄弟；

一个养育精神，一个慰藉肉体。
冬天和春天开始了内战，
有人在睡梦中出生和死亡。
耳朵和眼睛成为陆地和海洋，
有人在呼喊着，要我扮演他的一生。

历史是个永恒的女人，
我上一次遇见她
是在一九一七年，晚会上
我远远地向那妇人瞩目。
但今天我又在旷野里遇见她，
一位少女，如此素静，
像一面水潭。
我在那儿洗脸，开始我的新生活。
我们是神的倒影，
而神，触不到自己的存在。

（原载《诗刊》2016 年 6 月上半月刊）

蒋兴刚 jiang xing gang 的诗

一只西河路的蚂蚁

一只西河路的蚂蚁一生没到过路的那一头
它迷恋于门前，迷失于一座小楼一队路人
甚至一辆车移动的阴影
它能闻到第一缕花香
瞧，满目的玉兰早早扮靓了马路两侧

这是寂静时刻里停在马路上最美的蝴蝶
西河路的蚂蚁呀
它总用最低的眼睛看到最早的春天

（原载《星星》2016 年 6 期）

金铃子 jin ling zi 的诗

关于金铃子

一虫知秋，翅目小鸣虫
可入药，金铃子散。苦。寒
写诗，给它洗澡，穿衣。
在动词中浸泡四肢，以求降温
每日用形容词消毒皮肤 2~3 次
叹词用来急救，防止休克
名词使创伤迅速结痂。
我还得再次唏嘘：诗歌，这枚镇痛剂
使我免于截肢，免于标本
免于，一切皆虚空。

（原载《山东诗人》2016 年第 1 期）

莱明 lai ming 的诗

致父亲

那一年，我们瘦如灯盏
山中的植物相继枯萎
我们出逃，沿着跑马的古道
一路南下，去了贵阳
在一座陌生的城市
我们努力记住有名字的街道
在街道上，又努力寻找
口音相同的家乡人
我们从批发市场低价购买
蔬菜，鸡蛋，拖鞋，衣服，袜子
又以高价卖给居民
仅仅为了睡觉，我们在街边
搭起一个简易帐篷
（后来帐篷被城管无情拆掉）
你坐在光线里，开始数钱
我摊开作业本，开始写字
为了我，你说要买车子，房子
为了你，我说要考好的大学
灯火阑珊，高楼林立

多年以后，我们的梦想

都实现了。城市的户口本上

我们的名字像落日一样肥胖

可是父亲，如果为了生活

我们就应该加速老去

在植物面前，不被宁静祝福

那么父亲，为什么不回去

不沿着跑马的古道一路歌唱

让囚禁在乡音中的故人

都回到故乡，让荒芜的园子

都种满蔬菜，在每个节日

把香肠猪头肉放在死去人的坟前

再用几分钟与植物交换祝福

如果月亮出来，我们就坐在

彼此的影子里，喝酒

喝酒，一直喝到天亮。

（原载《诗歌风尚》2016 年第 1 卷）

蓝晓 lan xiao 的诗（藏族）

今天，我们都要回家

一场雪跟着春天缓缓降临

此时，俄尔莫塘草原还在沉睡
雪花漫天飘飞
弥漫涨潮的心情

桑塔纳形单影只
叫嚣着热辣辣的爱情
疯狂的奔走
撞碎了许多雪花

玻窗外
一位藏族妇女裹着她的孩子
骑在马背
与我们一同前行

雪花拥着她们
我看见哼着小调的气息
四围静寂
车轮碾过马蹄

就这样
我们和那个带孩子的藏族妇女
在落雪的旷野里前行
回家的感觉
让我们没有距离

（原载《民族文学》2016 年第 1 期）

老四 lao si 的诗

祖国的年轻人

这些异乡的年轻人，以相同的姿势
经年累月
睡在小树林里

互相叠加，用泥土彼此取暖
偶尔有暴风雨，便有一节遗骨被冲出
成为和平岁月里孩子们的玩具

近旁的麦田，偶尔换种玉米、花生
在村庄的时间加工厂里
一茬茬麦苗，绿了、黄了
远方的妻儿，老了、死了
远方的父母，死了、埋了

没有人知道他们的下落，没有人去寻找
父母只当没有这个儿子，妻子只当
没有这个丈夫，儿子只当
没有这个父亲

他们从全世界蒸发，在自己的祖国
销声匿迹，不留一丝音讯
所有的故事被岁月和泥土尘封
所有的父母妻儿，在时间的缝隙里
失去了辩白的机会

许多年后，有人找到他们
在小树林里建起烈士墓园
但依旧找不回他们的故事
找不到他们的父母妻儿

所有的故事被时间丢弃
却又在春天的怀抱里
以崭新的模样，进入我们的视野
他们的故事找不到了
时间流逝的国度就是他们的故事
他们的父母找不到了
时间流逝的国度就是他们的父母
他们的妻儿找不到了
时间流逝的国度就是他们的妻儿

他们自己则是
我们丢失已久的亲人

（原载《诗刊》2016 年 6 月上半月刊）

雷霆 lei ting 的诗

在黄龙溪古镇听蝉

这易碎的歌吟，一定暗含微苦。
古树苍苍，新叶萌动，溪水有光斑。
蝉鸣初起时，连风也不敢出声。
而更加紧密的蝉声压过来，
似有一支古代的将士踏马而来。

焦虑之季，得先把内心叫醒。
靠不断加强的旋律，充装更加稠密的苍茫。
仿佛这起伏的蝉鸣不是来自空中，
而是要把平原上的溪水喊到高处，
再将隐忍的爱悉数流向人间。

整整一个下午，我坐在古镇的石阶上。
听蝉鸣一遍一遍划过心灵。
是什么唤醒这熟悉的场景？
我甚至无法辨识，这骤然而至的感动，
来自哪一方多余的疆域和久远的寒冷。

突然想到，世上的孤独总是源自决绝。

这些年我内心生锈，拒绝万物的问候。
在黄龙溪古镇，这久违的蝉鸣，
仿佛瞬间推开一扇潮湿的窗户，
让我看见远方依然宁静的故乡。

（原载《诗刊》2016 年 6 月上半月刊）

冷雪 leng xue 的诗

暗旅

仿佛远古　恍如隔世
行走的人　依然怀揣着唯一的词

一定是干净的词
若灯盏　若星辰　在路上

甚至　比路更长
现在是下午
一个比乌云还低的下午
与子夜对话
我不能很好地倾听风的私语

毕竟还要启程

毕竟　心已被季节惊动
我的双手　有所求地展开
就像展开爱人最后的身体

经过了雪　经过翅膀拂过的森林
沿着叶脉的方向　深抵灵魂之谷

然而　这不是一个冬天的幻影
就像我　不是一个具体的人
我的真实在于冷
在于比北风还凛冽的锋芒

然而　这更不是一个生动的闪念
我只是想　如何醒来
如何在醒来之后
用沉淀了一生的阳光将黑淹没

（原载《星河诗刊》2016 第 10 期）

一首诗可以走多远

你从纸上站起来。一手长河一手落日

走下诗经的山坡。平平仄仄的脚步
每一下都踩在了历史的痛处。一路上

你会遇到芳草。美酒。也会遇到豺狼
奸佞。为拯救那些黑暗中的灵魂。你从容把自己点燃
骨气和良心：你未曾崩断的两根琴弦

宇宙有多大。一首诗的胸怀就有多大
永远有多远。一首诗就可以走多远

（原载《绿风》2016 年第 1 期）

离离 li li 的诗

这便是爱

还是那张床
指示换了新的床单和被套
还是那间屋子，地面被反复
扫过，甚至看不见
一根掉下的白发丝
光从窗口涌进来
照见的
还是两个人

一个 70 岁，在轻轻擦拭桌子
另一个，在桌子上的相框里
听她反反复复
絮叨

（原载《山东诗人》2016 年第 1 期）

李龙炳 li long bing 的诗

写作

外部的黑暗和内部的黑暗
没有什么不同
从黑暗到黑暗是封闭的伤口

我爱过的几个白衣女子
重新回到了书本
她们不再爱我头顶的天空

有个满天繁星的时代已经结束
我关上没有玻璃的窗子
等待一只蝴蝶飞来忏悔

此时含泪的人都在成长

白桦树要从这里哭到俄罗斯
冬青树要从这里哭到宋朝

写作就是在虚空中倒拨垂杨柳
浪费的力气可以修一座寺庙
浪费的语言足够谈一百年的爱情

现实与记忆的交叉点上
我看见穿过针孔的那一个人
拼命擦拭着莫须有的空色灰尘

（原载《四川诗歌》2016 年第 6 期）

李落落_{li luo luo}的诗

别盯着星光太久

当星星铺满天空的时候
孩子　别盯着它们太久
别让那闪烁不定的星光
晃花了眼
再看爸爸妈妈时
他们会变成麻子脸

这样的时候你应该
早点入睡
梦是一条不收费的高速路
爸爸妈妈就在路上飞驰

孩子啊
每个人都有一双翅膀
可以在梦里飞翔
还有一双翅膀
可以在想象里飞翔
用好这翅膀吧
父母时刻都在你身旁

如果飞累了　孩子啊
那就躺下来无所事事
和露珠儿对唱
和小蚂蚁游戏
哭或者笑
有资格哭的孩子会更强壮

孩子　远方没有乐土
乐土在你心里
爸爸妈妈那里只有思念
和无奈
孩子　世界上比无奈更强大的
是爱

当星星铺满天空的时候
孩子　别看它们太久
独自爬上你的小床
闭上眼睛
星星会慢慢聚拢到你的身旁
正如你洒向远方的泪珠

它们是远方送给你的
亮晶晶的爱

（原载《中国新诗·我们与你在一起卷》2016 年 11 月）

李满强 li man qiang 的诗

在新疆

不要去孤独，你的孤独
远远小于天山或者塔克拉玛干的孤独

不要去忧伤，你的忧伤
远远浅于博斯腾或者喀纳斯湖的忧伤

但如果你面色通红，一言不发——

那肯定是因为：一匹鹰
开始在你的头顶盘旋

也可能是：一头刚刚出生的小牛犊
在你的眼前撒欢

（原载《伊犁河》2016 年 2 期）

李亚伟li ya wei_{的诗}

深怀

在蓝色的湖中失眠，梦境很远
千里之外的女子使你的心思透明
你如同在眼睛中养鱼
看见红色的衣服被风吹翻在草丛中
一群女人挂着往事的蓝眼皮从岛上下来洗藕
风和声音把她们遍撒在水边

她们的肌肤使你活在乱梦的雪中
看见白色藕节被红丝绸胡乱分割
你一心跳，远方的栅栏就再也关不住羊
它们从牧民的信口开河中走出来，吹着号角进入森林
又在水面露出很浅的蹄印
将命运破碎的女子收拾好，湖水就宁静下来
你从一块天空中掏出岛屿和蝴蝶回到家中
一如用深深的杯子洗脸和沐浴
上面是浅浅的浮云，下面是深深的酒

（原载《草堂》2016 年 5 月第一卷）

李咏梅 li yong mei 的诗

清明前夕的祷辞

明天我不能来看你了，祖父
这不过是
一个借口。
我坐下来。你躺着就好
像小时候，我坐在床头
一勺一勺哄你服药一样。
想来至少有三年，爸妈在镇上。
至少有五年，我把你当成爸爸
又当成妈妈。空气
真的很空。
我几乎要窒息。一想到你
泪就找到了眼睛。
不怕你笑话，这段时日
我常常一个人
不明所以地掉泪。
而此刻，不会了。
因为有你。
我害怕，一座孤单的墓碑
会在泪水中破碎，我害怕

恍惚之中摸不到你的根。

（原载《梨花》2016 年第 2 期）

砺 影 li ying 的诗

春分

梦中，我们是陌生人
各守半轮月光，不说
对影成三人

我的乳名，有碱的味道
轻易，就会腐蚀岁月中的花腔
我不愿畅所欲言

你看，岁月本是一张床
同床异梦的两个人，都在
赶往黎明

一首旧时曲，不敢常弹
它是藏在春天里的泪，稍一碰
就会顺着柳梢，滴满一颗心

（原载《中国诗歌》2016 年 7 月）

梁书正 liang shu zheng 的诗（苗族）

陈情表

女儿亲我的时候，你在淘米
女儿睡着的时候，你在切土豆丝
当我们把饭端上桌，日头就落下去了
星星就一群一群拥出来了

伸出手，可以给你夹一个菜
伸出手，可以帮你把泪水擦干
伸出手，还可以摘下星辰

想着这些，我眼眶又湿热了
想着这些，我就又想活下去了

（原载《草堂》2016 年 5 月第一卷）

林 珊 lin shan 的诗

小悲欢

从一场梦里醒来，她黯然神伤
露水变成一朵紫色的蔷薇
在枕边，摇摇晃晃

多年来，她读书，识百草
听秋风在枝头歌唱
任凭白发在夜里疯长

多年来，她写诗，熬药
抚摸文字的骨骼，一寸一寸
像抚摸一个深爱着的男人那样

多年来，她固执，善良
忽略不计人世险恶
她隐忍，抑郁，时常在夜半偏头疼

她常常提着竹篮去井边打水
即便一次又一次两手空空
她还喜欢在夜里写下无人能懂的诗行：

"你给予的寒凉长夜，我已悄悄爱上"

（原载《人民文学》2016 年第五期）

林宗龙 lin zong long 的诗

纯色鸟

海面覆盖着一层黑色
我坐在岛礁的石头上抽烟
它飞过我的头顶
在万物生长的平原上空
在卫兵脱下帽子的瞬间
我感觉一切都被禁止
但寄居蟹还在洞穴里爬行
暗色的珊瑚礁像一种语言
附着在沙砾的表面
晴朗的天气突然就下起雨
是你飞过我头顶时
带来了低垂的海洋季风
和沉下去又亮起来的暮色
我开始在树林间穿梭
在离海很远的陆地上
我有一双你看不见的孤独

我到过墓地也到过天堂

（原载《诗刊》2016 年 6 月下半月刊）

琳子 lin zi 的诗

干净的

什么时候才能一无所有
干净到像个死去多年的女人

没有财富像不曾真的有过
一分钱的交易
不曾伤害过任何一朵花和任何一个
雨滴。甚至
不曾哭喊过一次，没有让眼泪流给任何一个
物种

什么时候才能干净到
真的不曾出生，真的不曾有过一滴血
和另外一滴血相遇坐胎

——我在天上哪也不去，我在天上

连云朵都不做

（原载《读者·原创版》2016 年 8 月号）

刘 剑 liu jian 的诗

停留在时光上的河流

再密的针线也无法缝合时光上的河流
是的　我们的过往总会留下大量的
时光的碎片　散落在时光的河面

这种记忆的断裂或称碎片　总会有许多
间歇式的形同季节的瀑布
思维的跳跃有更多的断崖
字里行间保持着舒适的距离

让它透出新鲜的空气　忍受生活中曲折
的港湾和飘荡的浮云
岁月的流逝让我们衰老
让我们一次又一次的遭受失败
谁来加固我们生命的堤坝
谁来慰藉我们一次又一次受伤的心灵

是用我们与生俱来的原罪
假如我们能够让原罪得以释怀
那就原谅所有的伤害过我们的人吧
用诗歌用祷告用卜辞用自然的法则

让他自然地破损自然的倾颓吧
只有破损只有倾颓　才有罅隙
光线才可以照射其间
让我们能够拥有一个明亮而又充盈
的表面

（原载《当代诗人》2016 年 10 月 5 日第 425 期）

刘亚兰 liu ya lan 的诗

行走的鱼

每个人都是一条行走的鱼
为了行走
折断尾巴
在岸上学岸上的规矩
比如穿衣
比如说话
比如猎食

比如杀死另外的鱼

······

尽量把自己装得像个人

丢弃大片的水域

（原载《天津诗人》2016 年夏之卷）

刘阳鹤 liu yang he 的诗

回坊

你要去北京了，我得送送你。我们预先
说好的吃牛排，吃八分熟的、烫嘴的、会往身上
溅汁儿的牛排。还好，我那天穿着黝黑的
夹克衫，而你小心翼翼，吃相极好。我喜欢看你
迷人的眼睑微微抬起，不过当时只能偷偷看
但你回来后不久，我开始合情合理地看你
此后扬开的微笑，裹挟着从京城购得的气息——
源自写实派艺术，展览不算圆满。好在值得庆幸的
是你看到了"APEC 蓝"，可叹我求学于北京四年
也没能受此等政治优待。第二次，我们在坊外约会
听歌手卖唱，看你背后和着音乐的喷泉，与光。

（原载《延河》2016 年 6 月下半月刊）

卢 辉 lu hui 的诗

一个人说故乡

一个人说故乡
是否奢侈
一群人喊故乡是否荒凉
我看见一株株麦子
扛着太阳

麦秆是直的
心是空的
天长日久
麦粒
也饿

饿了，割断头
渴了，叫故乡

（原载《诗选刊》2016 年 5 月）

芦苇岸 lu wei an 的诗（土家族）

晨光照亮花坛

还是习惯在四月，让露珠
引进晨光，照亮花坛

瓢虫将阴暗的角落挤满，星星不眠
风吹绛珠草，叶片晃荡
它们的正面与反面
像两个始终无法联通的世界
在挣扎着
宣示自己的存在

早起的雀鸟闹得欢
把阳光下的浮土刨了个遍
新泥气息弥漫
虫子或蚯蚓时时灵光闪现
像叶子间漏下的光斑，短暂、迷人

而另一些虫子或蚯蚓
在绛珠草的根茎之下，藏匿很深
或许只有它们才能熬过美好的时辰

（原载《岁月》2016 年 7 月）

吕 达 lü da 的诗

山岗上

在家乡的山岗上
我是零零碎碎的天才
爱上了零零碎碎的人间
野花漫山开放
我是其中一朵

等到白雪覆盖大地
在他乡的山岗上
到处都有人传唱我的诗篇

（原载《诗歌月刊》2016 年 9 月）

吕世豪 lü shi hao 的诗

山泉写意

山泉浇菜，菜畦子就绿了
饮马，马蹄子就亮了
如果煮饭，袅袅炊烟被漂洗得
更蓝了。山泉是白云的影子
是野径、石凳、悬崖的眼睛
它跟着野花蜜蜂嗡嗡地跑
把山里最干净的东西带走又留下来了

（原载《吕梁日报》2016 年 1 月 31 日）

马迟迟 ma chi chi 的诗

清明

每年清明总会下雨

或许下雨，会更易让人陷入哀思

这个雨天，我跟父亲上山祭祖

一路上我们没有说话

没有说到那些时间线上的生死

如果时间存在另一种定义，能跨越时分秒的界限

是否我们就可以重新谈论生死的意义？

就像祖宗们并未死去，他们还秘密地活着

在时空的另一个维度，父亲常说头顶三尺有神明

对万物要心怀敬畏。此时的雨声已走远

没有惊动山上的亡灵

山上开有野花，树上长有眼睛

没有一只雀鸟在叫

我们来到坟前，父亲跟我说起爷爷的死

那是一个秋末的午后，因为遽然的暗疾

爷爷倒在收割后的田野再未醒来

我对他的死并不感觉痛苦

我这么想的时候感觉害怕

我看着雨中父亲拿出炮仗、香纸与祭果

进入了一个虔诚的仪式，而我诞生了

一个荒诞的想法，我蓦然想朝着群山放声长啸

我并没有这么做，炮仗声响起时

我像父亲那样在祖先们的坟前跪拜

最后离开，跟来时上山一样

父亲在前，我在后，我们又陷入沉默

像复归到生活的理智

我领悟到时间在这一刻钟里

并没有打破它原有的局限

世界依然在它的意志中持续

像是遵循着神的秩序⋯⋯

（原载《山东诗人》2016 年第 1 期）

马萧萧 ma xiao xiao 的诗

周庄

一朵心花，叫怒放
一朵水花，叫周庄

人生一世流水一场
周庄之水水的天堂水的甜糖
诗的桨橹泼剌着前世的细浪

钥匙桥已打开今生的画廊

哦，这幅九百岁的水墨画上
美人痣正是那一枚红灯笼的闲章

如果我不在家，一定是在周庄
如果我不在周庄
那一定是嗡嗡嗡地飞在
去周庄采蜜的路上

（原载《山东诗人》2016 年第 1 期）

马晓康 ma xiao kang 的诗

大工业时代， 请原谅我抬高了心跳

我们都是植物人　把根向深处扎
扎向地心　也扎穿你的身体
种下一片灰色森林　将天空顶了又顶

模仿齿轮的呼吸　转动一生　直到分崩离析
不需要表情　每一根链条都不会多余

曾经躺在身边的白马飞走了

只有从缝隙中掉落的一具具发了霉的尸体
来不及流出的眼泪　汇成一望无际的黑色阴影

对不起　在我没被锈蚀以前
请让我听一听天上的声音

（原载《北京文学》2016 年 7 月）

马新朝 ma xin chao 的诗

酒歌行 （之七）

多少次，始终是第一次
我们在杯底相遇。两棵树，抱在一起

风暴从杯底旋起，晃动门窗
看上去，仍然像一杯酒一样透明，安静

我在黑暗的旋涡中追逐着你，日行千里
两条鱼，一前一后

我摸到一小片陆地，那里有房屋和炊烟
有着你的小腹一样的平坦

那里有许多的路，每一条，都有你的山脉
与河流，有你的呼吸和幽径

我登上了一条船，航行在波浪上
我们不知道去往何处，每一个方向都是

福祉，都是神的领地。大海啊，盛在一杯酒中
波涛啊，盛在一个夜的子宫里

（原载《大河诗歌》2016 年春之卷）

马永珍 ma yong zhen 的诗（回族）

等

真的，我不想加冕，别给我一座王冠
或者风声、欲望，或者案牍经书
要么，就给我一颗珍珠，一座南山
一个传说就够了。我遵守诺言
甘愿画石为牢。

山花开了
虫声双双成对带着月光去住，还用
知足和善良装饰生活

黄鹂的鸣叫攀援在柴扉、窗户上，被青藤
染绿了都全然不知道，在专注偷窥
天堂后，放弃嫉妒、仇恨和谄媚

因为信仰纯洁，王国安宁
我爱好收藏，闲来无事，给清风梳好发辫，
给流水穿上花衣裳；海洋呢
给蓝蓝的隐忍画个红红的许诺。这就是我
扮演着各种角色，千千万万个我
一会儿居庙堂之高，一会儿处江湖之远

这时日上三竿，我还在我的体内酣睡
如果还无所事事，就托举着玉玺巡游天下
问遍诸位和佛：你们谁要

（原载《山东诗人》2016 年第 1 期）

麦萨 mai sa 的诗

故乡是一根炊烟

孤独中，我像一块石头一样缄默
故乡被抽成一根炊烟。我
记得它，像记得故乡。

身体内的炊烟，指向乡愁
我找到一把柴火味的，甚至呛人眼睛的炊烟
是的，那一个吹火的木风箱，包括灶台
曾是一缕炊烟起身的地方

炊烟袅袅，它以舞蹈的形式
挂在小村的早晨和黄昏
像是乡间的一条洁白的、吉祥的哈达
在黑暗中，炊烟停下来后
星语闪烁，月亮明亮

炊烟啊，一个小村庄的美学
是村庄里，女人们燃烧起来的一行诗
是我体内一种非常美好的乡愁
铺在小村的上空，今日，再怎么看
它还是一条游子回家的路啊。

此刻，若看见它的摇曳，我就无比幸福。

哦，炊烟

（原载《延伸诗刊》2016 年 4 期）

莫独 mo du 的诗（哈尼族）

1910

火车。火车。火车
开天辟地的词
一路，撒下

一条铁路，一列火车
直穿 1910。从此
有什么来，有什么去
有什么，像一道伤口
切过长桥海近代的胸口
法兰西的香槟，越南的咖啡
至今，在回忆的路口，摆着

从此，火车跑来跑去
反复在前行的时光里隐现
1910，被时间丢下
以一个年头带不走的年份为命
在长桥海的一滴水里
不老、不去

（原载《诗刊》2016 年第 8 期上半月刊）

慕 白 mu bai 的诗

今夜我在钱江源

今夜我打你电话
是想让你听听蛙声
它们月亮一样不可靠
它们就是一些月亮的碎片
又脆又亮，而水
在我的身体里神经一样分布

支流和干流在最湍急的河段汇聚
流水里的鞭子都是看不见的
千里岗怀玉山白际山都是我体内的顽石
三面围堵，四面碰壁
用青黛暗藏起一条江河的源头

这时候那隐喻一样的水脉
是需要屏住呼吸才能听到的
在移动电话中也明灭可见

我正独自走在里秧田村的村道上
这是一条乡间土路，平坦，发白

月光下像一条河流哗哗流淌

如果你闭上眼睛

一定能听到我身后正拖着一条河流在走

（原载《四川诗歌》2016 第 6 期）

那萨_{na sa}的诗（藏族）

在西藏， 就做一块石头

在西藏，就做一块石头

涂上云霞的颜色

隐埋喧嚣

从沉默中苏醒

与慵懒的狗一起眯眼

与朝圣阿妈的碧发看朝夕

做圣殿的台阶

见证裂裳的记忆

触摸有温度的脚掌

与阳光做爱

与死神说笑

做匍匐的路面

（原载《西藏诗歌》2016 年 7 月）

娜仁琪琪格

na ren qi qi ge 的诗（蒙古族）

无端泪涌

我曾久居于你的文字里　犹豫　彷徨
忧伤　迟疑
化解不开的浓重　积压层峦叠嶂
那些郁结的愁　弥漫了山河

我一再想借助歌舞　借助琴瑟
借助长箫短笛　借助一缕月光
而我的歌舞被取走
我的琴瑟被取走　我的长箫短笛被取走
那缕月光　也慢慢地被取走

我想放声吟唱　我曼妙的歌喉被取走
这一世　终是唱不成音　曲不成调　舞不成风韵了
再也无须"心有灵犀""琴瑟相鸣"
一颗惆然的心　向理不清的纷繁低首
我已认领了今生

我已放下所有的虚妄　却来到了你的面前

那一刻
无端泪涌，心潮淹没了"锦瑟"

（原载《大观·东京文学》2016 年第 3 期）

聂权 nie quan 的诗

熟悉

立刻就熟悉了。
地铁上，素昧平生的两位母亲
把他们放在相邻的座位上

"我五岁！你几岁？"
"我四岁！"
"我喜欢熊猫
你喜欢什么？"

那么天然的喜悦
茫茫无边的尘世
他们是那么信任对方
易于结识

（原载《辽宁诗界》2016 秋之卷）

宁昭收 ning zhao shou 的诗

让我感动的那些人

我不知道他们的名字
在街上走着的人
像熟悉的野草的清香
我却喊不出他们的名字

那些人在街上走着
擦肩而过
就像秋天的树叶
我喊不出他们的名字

天天在街上走着
像流动的河流
不舍昼夜
令我感动的人
我喊不出他们的名字

看着他们
从我窗口走过　消逝
我也忘记了自己的名字

随着他们　在风中　雨中
在滚滚红尘中　一起走过

（原载《山东诗人》2016 年第 1 期）

牛梦龙niu meng long的诗

草原上的鸢尾花

要开，就开成康巴诺尔草原上
一丛丛鸢尾花
把所有的忧郁都掏出来
把天空染成蓝色
把一个人的梦，染成蓝色
如果你看见了我内心的海洋
那就对了。如果
你看见了我为你涌起的波涛
这，就对了

（原载《梨花》2016 年 6 期）

潘玉渠 pan yu qu 的诗

有，或没有

有仙境沿小路拐入人间。
有泥泞的云，崖前凿开的图腾停靠下来。
有花果不采自落；有东风不请自来；还有田埂上奔突的金子，
祖先们弹落的烟灰，震慑着雷暴。
有火自心底喷涌而出。
有水在庭前绕成锯齿状的堡垒：
攻守有据，角鼓齐整。若蘸了四月的柳棉，还可打一场必胜无
疑的笔墨官司。
而我，却一无所有。
像个两手空空的乞丐，将自己浸泡在人海中。

（原载《扬子江诗刊》2016 年第 4 期）

庞培 pang pei 的诗

胳膊

我曾妙不可言
曾经是你的
屏风，荷叶，帐钩阴影
一度消亡。再度消亡
几近失去的话语
苍白瘦削的晨曦

清晨的鸟鸣
用一条少年的胳膊，骨肉相连
我的住宅是微风下的涟漪
清扫街道的工人正退出昔日的深宫
他用扫帚触碰星空
人间盛宴的碎屑……

我朝大街没亮灯的地方走去
我不是道路，是荒野
草叶、麦芒唤醒你的
我用坟墓归还
山麓，田野，树林

通过我的不曾谋面喃喃低语……

我是水流，是颠簸的车厢
是恋爱的空气
世上的繁花挽我前行
熟悉的梦寐，正伸展、横陈
经过这一天——窗下的工人
正有力地挥动他的胳膊

（……你早上醒来会发现很多亲吻
很多歌曲。夏天的出游……
一对相爱的恋人
不可遏制的纯洁深处
我正注视
我在世上的奇迹——）

（原载《草堂》2016 年 5 月第一卷）

普驰达岭 pu chi da ling 的诗（彝族）

天菩萨

神灵居住过的那片森林
在梦幻的边缘　开始向外生长

乌鸦衔着晚风　夜色中
无法修辞的母语　抵达了彝人的发梢

（原载《威宁诗刊》2016 年 2 月）

青小衣^{的诗}qing xiao yi

我坐在时光倒流的地方

我喜欢坐在一些地方，一块石头
或一堆原木上。时光会倒流，一寸一寸退回去
退到很远的昨天，更远的前天

那时候，只有黑白照片，彩色胶卷
都铺在野外。春天里，花粉落在我的鼻尖上
冬季很漫长，一地一地的雪

我的头发没有烫染过，脸上也没有擦过脂粉
衣裤上的花都是印染的，容易掉色
能洗出一大盆红一大盆蓝

父亲从部队回来，穿着绿军装
在地里帮母亲干活。他走过玉米地、高粱地时
满地的庄稼都变成了穿军装的父亲

那时，树木都长过屋顶。活着的人都住在村庄
地上的房子里，去世的人都住在村外
地下的房子里。彼此相守，看护着家园

时光再退一步。一切高度都低下来
万物都是处女身。云牵云，天空更高远，风吹风
大地更辽阔。人在天地间有走不完的路

（原载《诗刊》2016 年 6 月下半月刊）

青玄 qing xuan 的诗

立春

太阳从雪中升起
这是北疆的早晨
一朵去年跑进我影像的向日葵
复活了视觉里冰封的
许多愿望
现在，我把它看作是一匹
带着强劲蹄音的枣红马
我甚至能听见
藏在它身体里奔腾的河流

马刺一样出鞘的声音

马鞭从很远的地方带来它的主人

犁铧在耕种

虫子让大地看上去松弛而欢愉

春天是一种感觉，这片旷野

跑过一匹枣红马

我看见你，我看见

太阳从雪中升起

（原载《天山》2016 年第 3 期）

晴朗李寒 qing lang li han 的诗

低头走自己的路……

低头走自己的路，这么多年，
我捡到过闪闪发光的钉子，也捡到过
更多锈迹斑斑的。我能轻易
分辨出哪些是被锤子敲打过，哪些
深入过木头、墙壁，哪些
还保留着处子之身。
当然，我并不否认，我也用同样的眼神儿
观察过
从我身边掠过的每一个人。

我捡到过一张白纸，更多的是
写满了模糊的字迹——
情意绵绵的书信，义正词严的
公文，责权分明的协议……
看一看，我会轻松地再次让它们
尝试被抛弃的命运。

我曾捡到过一个
少了手臂的布娃娃，她的小脏裙子，
空洞的眼神儿，
让我久久羞于直视。自从做了
一个女孩的父亲，我的内心越来越脆弱，
听不了病痛的呻吟，看不了
伤心的眼泪。

我还捡到更多无用的东西——
一个个空瓶子，它们装过
善变的液体：水，酒，有些清淡，有些
浓烈。如今它们空下来，
像我一样，清高而颓废，
肚子里装满风声，侧身用一只眼睛
不安地打量着这个世界。

（原载《天津诗人》2016 年夏之卷）

秋子 qiu zi 的诗

幻想曲 （之二）

这多美好啊
我们不再相恋
不再有丝毫痛苦
谈到下雪的时候真的是在谈天气
谈到画的时候真的在谈艺术
谈到彼此的生活
就是真的关心生活
谈到自己时
我们就谈论宗教

（原载《诗歌月刊》2016 年第 9 期）

无辜的香烟

被手指紧紧夹住
接受火刑
你一脸的惊愕与无辜
咬牙忍受这飞来之祸
任一种情绪燃烧并销毁
那火星，只在黑暗里闪了闪
你的苦，已潜入他的肺部卧底
一串悠然吐出的云雾
旋转成谁的花圈
系成了谁的绞索
灰飞烟灭之后
那个宠你又折磨你的人啊
在慢性自杀的路上急匆匆走着
一个个圈套在黑暗中明明灭灭

批判和谴责全都指向你
一支烟能有什么罪过
哦，尽管这一切都不是你的错
但害人的坏名声你必须背着

（原载《鸭绿江》2016 年第 5 期）

任俊国 ren jun guo 的诗

蜻蜓记

蜻蜓不说话，飞翔的是寂寞。

寂寞不是高调的显摆，蜻蜓的姿态很低，不会高于一片荷塘，一条小河。这姿态像父母，甘于土地的寂寞，即便丰收了，喜悦也不会高于一个村庄或一盏老白干。

夏天，当蜻蜓的翅出现时，黄昏渐近，暑热渐消。

干净的草茎，或是待放的荷苞尖，总是把小憩的座位留给它。蜻蜓随遇而安，便坐上一小会儿，顺便接收当日的天气预报。

蜻蜓要飞了，一块积雨云已走到山前。此时，父母正好翻过垭口。

雨中，我不知道蜻蜓在哪里躲雨。雨后，我又看见它穿过阳光的翅，看见偌大的夏天挂在它小小的翅尖。

蜻蜓点水，记忆的涟漪一圈一圈荡漾开来。童年，追着一对透明的翅长大了。

蜻蜓点水，在我的文字中，产卵。

（原载《滑台文学》2016 年 1—2 合刊）

如觉·安 ru jue·an 的诗（藏族）

秋天

找到那棵树的时候
秋天已经来很久了
那荫翳里的世界
刚好是我喜欢的样子

你也听到秋天的蝉鸣了吧
我走进这一季光明的鸣唱
也就走进了无数暗夜的准备

还有孩子们的嬉闹
我把嬉闹当作你窗前的喧响
一条河就流成了梦里的欢歌

凉风初来
我亦蔓生如青草

我就这样安于秋天
及至年复一年

此时
烟青色的雾正浮在月白的光里
秋天还在
无数的异乡全都夜色苍茫
你是不是也在那里
看到我们幸福的模样

（原载《草地》2016 年第 2 期）

弱 水 ruo shui 的诗

希望： 致娜杰日达·曼德尔施塔姆

从一个流放地
到下一个，她优美
得体，看着一首诗
脱离他，看着诗
同时获得解放，看着恐惧
和缪斯交替照临，生活
成为一地碎片。那些黑暗的
碎片，是她一个人时的光亮
她一片一片捡起，年复一年
放入一本又一本回忆录。42 年
除了微微发光的烟头，没有

更亮的光。她越来越瘦小
阴影如此深重
她没有希望
她是希望本身

注：娜杰日达·曼德尔施塔姆，俄罗斯著名诗人曼德尔施塔姆
的妻子。娜杰日达在俄语中意为"希望"。

（原载《和平》2016 年第 1 期）

三色堇 san se jin 的诗

背光而坐

那么多的影子挤在一起——
有草木，有涟漪，有火的种子
有闪电的霹雳，有悲辛与清苦
寂寥挨着寂寥，雾霾挨着知命
假象挨着瘟疫，时间挨着轮回
满地的暮落挨着淙淙流水

腐烂与新鲜的事情，都可以遗忘了
包括铁钉一样的记忆，雪夜浪漫的残骸
光阴背面的东篱与隐菊

可以淡，可以忍，可以大慈大悲
可以根深而无须叶茂，可以素心而倦怠喧闹
可以静观婆娑安顿自己的心灵与悲喜

如果你能放弃江山与王冠
你能抵御火焰的出场，无以匹敌的繁华与虚狂
以洁净之心面对我们的最初与最后
也许，我们应该感谢这斜坡上的阴影
感谢光的背面，让我们懂得转身，懂得自省。

（原载《诗歌风赏》2016 年第 4 卷）

商震 shang zhen 的诗

应变

乙未年是一阵风从身体里走了
把能带走的东西都带走了
我成了一个真实的空壳

真实有时是空空荡荡
有时是故意忘却
有时是扭过脸去不看

自己看不到自己的真实
自己感受的喜和忧都不真实

丙申年的风已经撞到我身上了
我还没想好
新的一年都往身体里装些啥

日升月落的时间改变了
风吹拂的方向改变了
我身体的内容也要变

是否把自己藏在骨头里
用一身不怕折腾的肉
去对付新的一年

（原载《草堂》2016 年 5 月第一卷）

沈苇 shen wei 的诗

巴布尔回忆录

从费尔干纳、喀布尔到印度
奔突，呼啸，攻掠，杀人
屡屡被打下马，丢盔解甲

颠沛流离，如丧家之犬
找一片草地、一个山谷
好了伤疤忘了痛之后又去
奔突，呼啸，攻掠，杀人
这是我十二岁开始的日常生活

在撒马尔罕败于乌兹别克人的云梯
阿富汗人投降时，嘴里咬着草
好像在说："我是你的牛。"
我下达斩首令，以便营地前
堆起一座又一座人头的尖塔
我曾发起反对自己情欲的圣战
而对酒的渴望，常使我热泪盈眶

荒漠山野，否泰交替
成吉思汗的血脉、伊斯兰的血脉
汇成我"米儿咱"不安的血脉
从中亚到南亚，永在驰骋
永在路上。我，死亡制造者
正是每日每夜与墓穴为伴的人
高烧，麻钱，水银，泻药
是我忠诚不贰的伙伴
血和酒，同时饮下。我必须
爱上我的短命、我的内伤

来自喀布尔的葡萄、甜瓜
勾起并加剧我的思乡病
在酷热淫雨、瘴气弥漫的异邦
三百多年的莫卧儿王朝只是一个幻影
如同先祖们察合台帝国的还魂记
应和了衣不蔽体、赤脚逃亡时
我在塔什干的图拉克花园
写下的第一首戛泽拉体诗：

"灵魂之外，无挚友。
我心之外，无信赖。"

（原载《人民文学》2016 年第 4 期）

石头shi tou的诗

忏悔记

热闹之处有什么，你去热闹之处干什么。
热闹之前你是谁，热闹之后你是谁。

能不能在一堆人中你还是独自一人。
能不能在一个人的时候你还是独自一个人。

能不能在喝醉之后你还是空的。
能不能在吞下毒针之后你还是空的。

能不能让你的思考停下来。
能不能让你的嘴巴停下来。

（原载《中国诗歌》2016 年 7 月）

石英杰 shi ying jie 的诗

乌有之乡

春天是借来的，我没有产权
星空是借来的，我没有产权
大地是借来的，我也没有产权
对，包括肉体也是借来的
我只能临时使用，并终将被时间擦去
暗香浮动。在暗处
这些深邃而广阔的
我和它们一次次握手，击掌
由此而诞生的闪电，火焰
以及留下的灼伤，灰烬
我也只有一半产权
而另一半属于你，只有加到一起才完整
就像匆匆的相聚，你马上又会跟我别离。

（原载《天津诗人》2016 年夏之卷）

拾谷雨 shi gu yu 的诗

故人辞

当然是火

生在早晨的炉膛

大雪掩门

有人长睡不起

我提着一条小河走了一天

山空林静

一些困于枝头的雪

沿着枝干消融

我深知你体内的白雪已毫无意义

当它以故人的身份覆盖我

我该如何

顺手揭穿一截

并留下另一截

(原载《草堂》2016 年第三卷)

史枫 shi feng 的诗

水乡渔火

莫不是天上的流云
从遥远的尘埃中走来
变成了一片湛蓝的流水

千舟竞过，岸上的绿树
倒影成岁月无数的笙歌
今夜，让月亮的清辉和橙色的渔火
点燃水乡的浓情
把风的方向，渔民的歌谣
还有村寨里袅袅的炊烟
在收获的掌纹里，叙述、抒情

我愿做岸上的一支风笛
追随你逐水而行的梦想
一起奏鸣、一起休止
在这片充满温情的静谧水域
埋下自己心中的秘密

（原载《国家诗歌地理》2016 年 2 期）

舒丹丹 shu dan dan 的诗

野鹿

鸟羽有风，松林上有薄雾
夕阳的金手指正抚摩群山的脊背

一棵白蜡树的牵引让山崖躬下身子
俯瞰脚下两只悠闲的野鹿

我们停车，在松针的阴影里呼吸、倾听
沉陷于周遭渐渐聚拢的黑暗

湖水微漾，神似一种天真
无边的静穆，近于本我

在山野，生命各领其欢，纯粹而自由
如心灵盛开，如鹿垂下眼睑

（原载《诗歌风赏》2016 年第 3 卷）

苏美晴 su mei qing 的诗

我确定我正在死去

我确定我正在死去
我的一切证件都将没用
性别也无关紧要
只有僵硬恢复到肌体
只有一颗心还暖着
这让我想起冬日，我去黎明湖
冷收走了它褶皱的皮肤
一面大大的镜子
仿佛是世界上最大的一枚
照出我丑陋的身形
我在上面跺了跺
我知道它与我一样，还有一颗
尚温的心。但我正在死去
春天搬来蜜蜂的声音
此刻埋在这里
我死去，多希望也成为一面镜子呀
几只麻雀落在上面
它们嘴里，没有牙齿

(原载《星星·原创》2016 年第三期)

苏笑嫣su xiao yan的诗

时间注入的日子

原谅我生得太晚　我的世界面目全非
那些花花草草真是机灵　活泼地嚷着俏皮话
也有低头忧郁的　但我一个也叫不出名字
（更别提《诗经》和《本草纲目》里的小家伙们
——好像登录在册的远古化石在字典里）
好在它们也不认识我　让我不至于太过羞愧

我当然还年轻　生活还很漫长
你当然很古老　但生活比我更漫长　更更漫长
随便一颗石头都几万岁　树木因而显得很嫩
我和一朵花又有什么区别
风云变化之间　朝生暮死
真蠢　竟然每一天都把生存活成一个难题

我为我的困窘伤害了这慷慨而感到抱歉
杜鹃尝到甘露就摇曳不已
鸟群把脆弱的啼鸣交付给水草
熟透的风一吹　花丛就抖出几只蜜蜂来
而村庄　在情歌停歇的地方生长

土豆、白蘑、马匹　是人们花费一生侍弄的事儿

在时间注入日子以前　这山林河湖
闪烁和透明的明亮世界　是的：无限
我们熟悉的都迅疾死去　我们不熟悉的都牢牢生根
这一秒我长势真好　双手交缠玫瑰
有人沿着你生命的光线行走
时光之马停下脚步　痛饮泉水

（原载《诗潮》2016 年第 5 期）

谈骁 tan xiao 的诗

摸过的就是你的

看不到的东西可以摸到
一阵风、一束光摸过一次
再也忘不了
晚上，黑暗中
摸到一个女人，一具身体
摸到了她的呼吸
她的哀愁和希望
它们都是你的

摸过的东西就是你的

（原载《诗刊》2016 年 6 月下半月刊）

唐亚琼 tang ya qiong 的诗（藏族）

在尕海湖边

阳光浓烈，湖水寂静
卖酸奶的扎西草比去年丰满了许多
比以前害羞了许多
她总是别过头去
假装去看草丛中跳来跳去的旱獭

风把她的红头巾高高吹起
把我不认识她时的时光吹起
把去年的倒影吹起
把我的孤独也吹起

人们说我走失多年的母亲就在这湖里
她有巨大的翅膀和长长的尾巴
她不开口也不说话
只在夜里悄悄地哭

当我转身，湖面平静

湖里的黑颈鹤早已无踪影

（原载《西部》2016 年第 4 期）

唐以洪 tang yi hong 的诗

生活才是一个牧羊人

我一直把生活幻想成一只羊
牵着它，吹着春天的口哨
放牧在蓝天白云下

直到今天，有一种痛像鞭子
把我从幻想中抽醒
我才看见生活是一个牧羊人

人间长满一种叫命运的草
让雾霾一次次地把头低下去

（原载《草堂》2016 年 5 月第一卷）

天 岚 tian lan 的诗

过往

倒霉的一天，或者欢快的一天
都将是过往的一天

远方的一天，故土的一天
最终是异乡的一天

情人或者友人，恩人或者仇人
下辈子都不会再见

今天，毛贼偷走了我的良马
我用缰绳狠狠拽住自己

因为今天我独自照看着孩子
她已经满岁，开始走稳

她不需要马，她就是远方
她用小嘴轻轻唤我，原谅周遭的一切

（原载《星星》诗刊 2016 年 3 期上旬刊）

童心 tong xin 的诗

长河落日圆

该怎样想象，铺开盛大
让一阕词掸掉灰尘，壮观
携天和地而来

万物一定是感谢你的
这一刻你为西天的暮色
扭转了定格。辉煌改写苍凉

归雁是暖的，远山与烟水尽头
也暖了。灰色的诗行变换韵律
标点也换了。感叹号，落进了红彤

归帆，飞鸟，渔翁
这些平静的浪涛朝圣者
丢弃所有抒情，只以目光向远

悲凉尽隐。浩渺托住的圆
我留下，从此我描绘落日
不再浪费很多的词

（原载《诗选刊》2016 年 8 月）

王辰龙 wang chen long 的诗

影子：马铁虎

你痴迷急速上升的事物。他骑车下班，你
仍追赶竹蜻蜓的落点，直到她推开厨房
第二扇门，去阳台探出声音找你，骂你上楼。
南窗也已系上冰锁，年关近了，另一个下午
绕到化工厂小区的北面，一次次点燃窜天猴
灰色的短尾：最高的那只，误撞药厂宿舍的
屋檐，五层楼，我屏住呼吸……是年的五月，
劳动公园筑好鬼城，在伪地府的出口
我听见你体内的火药肾上腺般地呼啸：
不够……还不够。余下碎银两，我们就奔往
凌霄飞车飞过夏秋与寒假，你却抵达他
某夜的切齿："永别了，工厂。"继而，他竟
向她和你做四年的暂别。"大北监狱，大北，
监狱。"起哄着挤作一团，他们踢沙土，你
紧跟她，不曾怒目不曾打过来，只是消失于
六单元的暗影之中。他终究回家；你一直在
却没再归来。"下来玩呀，马虎！"我听见我
一跑出五单元便喊，略去你名字里散发
黑硬光泽的部分，它像十余年前的流星，

划过此刻京畿突兀的晴夜：有人正在城北
隔着十一月的狭渊为烟火鼓掌。我想起你。

（原载《扬子江诗刊》2016 年第 2 期）

王单单 wang dan dan 的诗

海口谣

天涯种地，海角栽花
累了就直起腰，眺望远处的海
千帆过尽，谁才是我等的人

洲上叠沙，水边浣麻
时光冲刷心事，洗白她的长发
斜晖脉脉，谁带我回她的家

（原载《诗刊》2016 年 6 月下半月刊）

王俭廷 wang jian ting 的诗

老姐姐

1

只有一个人长得像我母亲

只有一个人把我抱大背大，
连那指关节都变粗了

只有一个人用指头使劲拧着
帮我擤鼻涕，又擦干净

只有一个人敢踹我两脚，
又心疼地为我擦干眼泪

只有一个人在我受欺负时
敢冲上前去和野小子们打

只有一个人领我剜菜割草拾麦穗打柴，
把干粮先让我吃

只有一个人知道我怕什么虫子
却故意吓唬我

只有一个人当父亲耕地时
和我在毛驴两旁拉旁套

只有一个人能替母亲操劳
并像母亲一样爱我呀

啊，姐姐
我的姐姐

2

只有一个人知道我好冻脚，
一入冬就把棉鞋做好了，

只有一个人知道我爱吃什么馅的饺子，
提前包好送进家门

只有一个人
敢像训她的孩子一样训我

只有一个人能使我七十岁的人了
还像孩子一样听话

只有一个人
能唤出我的乳名了

姐姐啊
我的姐姐

3

只有一个人能像山里的枣树
并不富足但很知足
只有一个人一生陪我最长
从小到大，不离不弃

只有一个人让我一辈子
爱听她絮叨啰嗦反复叮咛

只有一个人美得
像山里的土地和朴实的庄稼

只有一个人是我一生的
东南西北秋冬春夏

我的姐姐，
我的永远不老的老姐姐

2015 年 4 月 10 日匆草时年六十有九，写给七十六岁的姐姐。

（原载《诗选刊》2016 年第 1 期）

王建峰 wang jian feng 的诗

中原岗

中原很大，一个中国刚能容得下

中原岗很小，由一个村庄安放正好

群山环抱的山冈

我就回到你的腹部吧

戏台前六尺见方的土地足已

我就头枕小庙，身盖三棵老楸树，舒展身躯

用故乡的鸟鸣，发酵的粪臭，坐街的乡亲和坟茔

深入我的肠胃，再到我的脾肝肺

把浮尘好好清洗一下

心里再把自己大卸八十块

把骨头摆放在故乡的阳光下好好晒一晒

再用我的脊梁骨提起来

借故乡的风把看不到的好好吹干

我就可以在母亲的子宫里安详地死去

去静静等候冰雪融化，嫩芽破土

灵与肉十月怀胎后的

分娩

（原载《黄河》2016 年第 2 期）

王明军 wang ming jun 的诗（羌族）

午后的田园

在田园，竹排把阳光从水中驮来
山歌在风中婀娜
就把所有的妩媚，蔓向云彩空旷的天际中
把情意隐藏在绿水青山中，衣襟随风舞蹈
河水绕着青山，石头们在水中绽放
把田园的景色绘在一粒种子上
万物含苞，歌声如同无法剪辑的倒影
映在春江绿水之中
在河流的中央寻到袅袅上升的炊烟
把一捧流水洒向对岸
田园中就长满了鱼和水稻
太阳出来了
我们的爱情就风一样生长

（原载《羌族文学》2016 年第 1 期）

王明韵 wang ming yun 的诗

玻璃伤口

——致罗马尼亚诗人梅利内斯库

你这样描述一块手表
——玻璃的，像雪花
没有时间……
后来，你把表戴在手上
雪化了，表针开始走动
心跳重新开始

我们，都似曾有过
这块表。亲人死去，表锈蚀
并在某一秒停下来

现在，它复活
依然匆忙、慌乱
像器皿，盛满时间

（原载《诗歌月刊》2016 年第 9 期）

王善让 wang shan rang 的诗

复活的脚印

一只脚印复活了
它该继续前行
还是返身
往前走还能否走到两千年前的罗马
返身后是否能回到梦里的长安
沿途的风沙是否小了许多
漫长的道路骆驼们是否记得
驿站和水源

地中海依然波澜不惊
大唐西市是否还日夜通明
欧洲人穿着轻盈的丝绸
端着精细的瓷碗品茗
长安的诗人们喝着葡萄酒
欣赏胡旋女飞旋的舞姿
罗马醒了　欧洲醒了
在东方文明的熏染中
找到前进的方向
李白醉了　长安醉了

在万方来朝的大国里
抒写豪情万丈的诗篇

一只脚印复活了
不再惧怕道路的漫长

（原载《红星文艺》2016 年第 2 期）

王琰wang yan 的诗

阿克塞的月光

阿克塞的月光如水
可以泛舟
月光下的阿克塞
白银铸就

冬不拉安静
哈萨克尖顶毡房安静
一双羚羊的弯角沉默

阿尔金山巍峨
月光抚摩
天鹅的睡眠

白银一般

（原载《诗刊》2016 年 6 月下半月刊）

王志国_{wang zhi guo}的诗（藏族）

通往春天的路

每一条都是歧途和陌路
青草的波涛，势不可挡
却又无声无息

槐花一串串，像挂在枝头的鞭炮
风中炸开阵阵清香
麦苗青青，一垄垄
像兵士，列队亮出刺刀
一株并蒂生长的蒲公英
——这春天最亲密的姊妹
一枝捧出金黄的小花
一枝打开梦想的伞羽
随时准备御风飞翔……

太耀眼了，这些春天的勋章
佩戴着惊雷和芬芳

一路奔跑，停不下来

直到时间的野马，蹄印踏遍天涯
直到弯弯曲曲的来路上
只剩下人间的孤独与疲倦

尚在路上的良人啊
如果你还年轻，就让十里春风吹彻你
让时间缓慢地缓慢地流过你的胸膛
如果你已苍老，也不必忧伤
且平静地踏上落满花瓣的归途
不动声色地
把沧桑踩在脚下

（原载《草地》2016 年第 4 期）

王自亮 wang zi liang 的诗

工地，夜色温柔

工地上悬浮着一轮月亮，
吊塔遗世，历数沙石、影子和尘埃。

走过几个夜班工人，

藐视由预制件、野猫和灯光
组成的世界，将身影
融入伸长的铁制弯钩；
不知道自己走过的
地方，是否埋着石佛窖藏，
睡着曾侯乙墓，堆着马王堆。

他们，不在意这些，
吹出锐利而响亮的口哨，
摘走一朵矢车菊，
然后望一眼天空的月亮，
走出交叠的婆娑树影。

世界纷呈，夜色温柔，
没有人在意这一切。

（原载《诗刊》2016 年 4 月号上半月刊）

韦锦 wei jin 的诗

舞者

唯独，今生还想再学的技艺。
肌肉和骨骼的最高存在形式。

还没学会。还没开始学

就放弃了。匆促的路上，
我容不得自己丑陋像一艘漏油的船。
容不得贪婪尝到甜头。

任谁说花朵开的只是表象。
"你找内涵和核心吧。别把
轮廓，色调和气息给我单独摘出来。"

我不和舞者搭讪。我不想结识。
我不用"他"或"她"。
我避开属性的限制，生物学的分类。

除了在我眼中，不理会它别的位置。
岩壁上的鹰巢和大地上的马厩都透支。
富翁和乞丐都养不起闪电。

为什么请主持人？为什么要弄清美的来路？
不准它感言，抱怨或感激，流烂俗的泪。
它舞台上的美只来自舞台。

灯光，布景，拉开的大幕，开场的
铃，乐池里的寂静，输送用不完的能量。
教导和苦练都不起作用。

它是一下子就这样的。
它自己就这样。为了不让我学会，
它自己一下子就成了这样。

（原载《扬子江诗刊》2016 年第三期）

韦永 wei yong 的诗（水族）

来生亲启

给你邮寄淡云轻风、祈祷
一切如昔日老旧
给你邮寄绿色蔬菜瓜果
明月、宁静的梦乡
给你邮寄古井的一杯水
残荷上的雨声、童年
给你邮寄母亲的唠叨、父亲的沉默
乡音和族谱
还有那个不能牵手的恋人

给你邮寄俊貌、苍颜
给你邮寄惆怅和晴天
给你邮寄一双有泪的眼
和一根不弯的脊梁

至此，邮资已完
努力挣足够的泥土
把疾病、怨恨和有罪之身
都埋在今生

（原载《中国诗歌》2016 年 3 月）

文西 wen xi 的诗（土家族）

总有人替我们赎罪

—— 给 Dad

花瓣落在地上，我就睁开了眼睛
每一次凋零都是带来一个消息
你从镜子里走出来，穿一件白衬衫，光着双脚
你风度翩翩，头发依然是黄色
曾经落在你身上的伤痕，也不知去了哪里

和平年代，你可以教我做炸药吗？
人心难测，你可以教我玩魔术吗？
我还想跟你学中医，救治有医保的穷人
跟你学画画，弹吉他，让我跟男人调情
也要跟你学打架，才能做土匪
把你会的都教给我，我可以教给我儿子

天就要亮了，请告诉我你现在住在哪里
天堂是清白之人去的，我更希望你在地狱
在那里，你要修建一座花园，容纳所有亡魂
你要种植玫瑰，双手被扎得鲜血淋漓
养一千棵滴水观音，把它的汁液端给饿鬼喝

你狠狠地伤害自己，我们的罪孽就渐渐减轻

（原载《中国诗歌》2016 年 7 月）

吴东升 wu dong sheng 的诗

蟋蟀

这几天
家里进了一只蟋蟀
我不清楚它从何而来
为何而来

天黑它就叫
天亮它就停
仿佛对光明
比我更在意

为了不让它扰我清梦
也给它的孤独些许慰藉
一天夜里
我尝试着打开灯
但我发现
它所要的光明

灯光并不能代替

（原载《天津诗人》2016 年夏之卷）

吴红铁 wu hong tie 的诗

比一生还长的短诗

我要孤独地写诗，丢掉修辞，不去想象。
我要安静地思考：一只飞鸟，放弃羽毛，在地上行走。
我要关灯，有时，黑暗比光明更具有颂歌的潜质。
我要乞讨，沿路苦短，比一生还长。

（原载《诗选刊》2016 年 8 月）

吴开展 wu kai zhan 的诗

我也很想和他说说我的忧伤

他已换了口气，开始喊我的学名
用那双打过我无数次的手
给我敬烟，有意地在我身边坐下，摸索话题

老了。像一座快要散架的草垛——
这个牛脾气的男人
走起路来地动山摇的男人，一掌推倒母亲的男人

现在我们越来越像兄弟
我接受着他的前言不搭后语，他的病痛与无助
他的谨小慎微，甚至，越来越多的沉默
更多的时候
我也很想和他说说我的忧伤

（原载《星星》2016 年第 4 期）

吴子璇 wu zi xuan 的诗

海岛之夜

草莓的外观呈心形
在水分不够充足的季节
叶子颤抖掉落一颗泪

我完美无缺
你急于爱我

这热烈的幻想带着隐痛
海岛之夜的星星一片宁静

抱紧我
赤贫洁白的身体，要努力接近
才能完成放纵

这赤裸但又不能见光的爱
让我在母亲面前口齿不清
你要明白
我是怎样一个女孩

我爱你，像一缕蒙昧的光
我只求照亮你的胸膛

（原载《光年》诗刊 2016 年第二季）

西娃 xi wa 的诗

我……

我天生愚笨，爱上
阿赫玛托娃，帕穆克，布考斯基，释迦牟尼……
有时也玩一些修炼术
希望自己能脱胎换骨
却没祈望自己成为
我之外的另一个人

我长得矮小，鼻翼上留着疤痕
常常在世界各地的电影里
贪婪地看着屏幕上的俊男美女
却从未祈望自己变成
我之外的另一个人

我比"我"更清楚
这个上半身臃肿，下半身轻飘的人

失重地活在人群里
招来一些爱慕，怨恨的男女与魂灵
与之纠缠，清算，翻不了身

那些从不曾哭泣的男女和魂灵
在今生，在这样一具丑陋的身体里
把自己和我，同时哭醒

（原载《中国诗歌》2016 年 4 月）

肖忠兰 xiao zhong lan 的诗

二月， 娶兰回家

我的血液里，没有马贼的迹象
我在正月十五的庙会上
求了一个赐我做响马的签
想占据故乡的一个山头
立寨为王

二月，我要娶你回家
做我的压寨夫人
让你从孤独的月色里
走出因无人而不芳的误区
在通往大别山的路口
我荷枪实弹

我要做一个狼性的男人
守护，你吐气若兰的承诺

（原载《华语诗刊》2016 年 3 月 25 日）

小陶_{xiao tao}的诗

东西南北

相信东风的人，去了北方
相信西风的人，去了南方

从此别过
无论如何

北方有个大笼子
人在里边，野兽在外边

南方有个小笼子
野兽在里边，人在外边

（原载《山东诗人》2016 年第 1 期）

小西 xiao xi 的诗

说爱的时候，要慢点

要慢于大风掠过蒲草，野鸭正在孵蛋。
要慢于海水涨潮，螃蟹刚刚爬上礁石。

要慢于画兰花的笔，先把花青藤黄，赭石和胭脂备好。
要慢于书本的缺失，让旧词长出新芽。

要慢于残荷的寂寞，秋雨难以成珠。
要慢于一场雪的抵达，如果深陷泥中。

要慢于一树海棠的红，尤其在酒后。
要慢于荔枝的甜，别急于剥开那块润玉。

要慢于送信的人，马车坏了还有双脚。
要慢于推门的手，我正把青丝绾上头。

但请不要慢于死亡啊，当它悄悄逼近。

（原载《飞天》2016 年第 10 期）

笑嫣语 xiao yan yu 的诗

消音

九月铺天而来
从我开始，秋天是干瘪的

八月在途中，遭遇过闪电和雷雨
我极力挣脱：不舍和破败

你知道某些时刻
一面水墙构不成理想的弧度

我保持必要的缄默，直到我们认出
彼此，不可或缺的存在

无须开口，世界之外
我们越来越平

（原载《山东诗人》2016 年第 1 期）

熊 森 林 xiong sen lin 的诗

书籍骑士

为了保持威仪，他选择正装，
并额外添加帽子，防止夜晚
在暗色的河流中显得拘谨。
照道理，读书人应当保持矍瘦，
胡须清晰如银，或者效法古人
留下长长的指甲来昭示——
闪耀的日常从未加害于身。
可多年来，绝对的庸俗灌注生存者，
使其从外表断开思想，
一如他丑恶的肚子，随身携带的山丘

他进行阅读，截取有翼飞翔的话语，
一丝一毫地缝进身体，牵引
肩膀和背部的肌肉，以释放出双重向度的力。
而飞行时，俯视的目光凭借对恶的压制
使他上升，也更易跳脱。
反弹之力是飞行者的诅咒：
一切目光不凝实的人，必将滑入暮色。

"终于拥有了盾牌。"他如此感慨。
可以抵抗贫穷、单身、独居，
以及异乡人所应当有的愁苦。
为避免在家中独自晚餐，他也保护厨房，
使其一尘不染，并狡辩说：
"文学之家怎么可以有烟火气？"
唯有父亲使他担忧，那睡梦中
反复哀号的命运是否会沿着血脉

降临。于是他训练自己，变得稳健、端正，
浪漫地在细雨中眺望远山。
他被构筑成历史上顽强者所持有的心灵。
而黑暗从背面攻击他，这落单的人——
无所退路，孤绝地行进，忽略大多数
需要正面交锋的罪恶。以至于整齐的
城市面容下，那些被蓄满的痛楚
将随着日光的推移而永远遮蔽。

（原载《扬子江诗刊》2016 年第 5 期）

徐俊国的诗

徐俊国 xu jun guo 的诗

菜园： 致晨光

晨光短暂，
芋艿叶抓紧时间打开自己。
我舒展腰身，
对着无人的菜园说早安。

葫芦一边壮大肉身，
一边引导雄花向高处攀缘。
我知道它还缺少骨头的支撑，
就把竹竿插在它身旁。
晨光短暂，

但这是信心满满的时刻。

我去小溪提水，
一只小虾弹向绿浮萍。
我弯曲在水里的身影，
被它机警的一跃，
破解为清澈的涟漪。

（原载《青年作家》2016 年第 4 期）

薛松爽 xue song shuang 的诗

无词

一个人的一生，可以这样度过：
前半生光芒万丈，直至刺痛了日月的双目；
而后半生，将自己刺瞎
他看不到世界
世界也寻觅不到他
这半生的漆黑、寒冷与虚无，他怎样蝉一样活过？

他是将，所有的词都刺瞎了

（原载《中国诗歌》2016 年 7 月）

阎志yan zhi的诗

祖国

我不知道我的祖国有多么大
我无法到达每一块土地
甚至每一座城市
所以
我的家乡就是我的祖国
给过我温暖的城市就是我的祖国
给过我感动的山川河流就是我的祖国

我深爱我的家乡
我深爱所有给过我温暖的城市
我深爱让我心动的山川河流
所以
我也如此深爱我的祖国
所以
我总是在每个节日
每次欢聚时
祝福我的祖国
一如祝福我们的家乡
那么的真诚

那么的发自肺腑

不容置疑

（原载《诗刊》2016 年 6 月上半月刊）

杨胜应 yang sheng ying 的诗（苗族）

在山里小坐

仿佛自己就是其中一片树叶

不舍、悲伤、卑微、颤抖

带着泛黄的颜色，也许是被风

推了一把，也许是自己放弃了自己

然后是遇见、碰撞、重叠

阴暗、潮湿、腐烂

掩盖了我所有葱郁的心思

只是依然在草木中间

只是依然可以重新站起来

只是依然对蓝有着敬畏的想念

看见松鼠在奔跑，会感觉像自己

瞧见鸟雀飞出丛林，也觉得像自己

无数的相似，让我怀疑体内

深藏着一座同样的山林

只有你在里面小坐

才可以让我遗憾到黄昏。

（原载《四川诗歌》2016 年第 6 期）

姚宏伟 yao hong wei 的诗

无主行李

走过今生要去往生的人，都在殡仪馆
中转。一个个长途旅客
都是乘着火的列车正点离开的
有一只手，专门负责清扫血肉
化成的尘埃，还要把没有灰化的骨头
砸碎，收进盒子

碎骨的声音，仿佛忍到生命后面的
那一声疼也喊了出来。原来
骨头的坚硬是靠一声疼痛黏结着

去者已矣，活着的似乎个个重负不堪
那一声疼遗落在那里
无知无觉，就像一件无主的行李

（原载《都市》2016 年 8 期）

叶丹 ye dan 的诗

尘埃的祝福

每日出门，我都会被现世的浅薄
煮沸；回家后，无处不在的灰尘
竟能让我平息。它们落在地面、
桌面，甚至是家具细微的雕饰上。
它们有的能一眼被看见，而细小的
用扫把聚拢后才显眼。仿佛我就是
那个最合适扫灰的肃穆的僧人。
像祖母秋收之后在自家院子里
聚拢月光，给回忆的灯芯减压。

渐渐，我认出了这些尘埃，它们是
我家谷堆的金字塔上扬起的稻灰，
乡音之弦绷断后祖父口音的碎末，
尼姑庵倾塌后被鸟鸣磨圆的砖粒，
夏日雷霆虚掷的巨大阴影之碎片，
被竹篙梳顺的新安江河滩上的散沙，
风化的警戒水位线掉落的红漆，
那年因稻飞虱绝收的稻叶之灰，妈妈
坐在田埂上哭泣时裤腿上无名的泥巴。

它们躲过了雨点的围剿，避开暴雨
带来的泥泞，在万千之中找到我
这片脱落飘零的叶子，仿佛我和歙县的
山水之间仍有一条隐形的脐带。
它们绕着我的膝盖落定，我把它们
积聚起来，倒进我语言的空瓶子。
虽然它们的频繁出现证实了故乡的
枯萎，但我更愿意把它们的不请自来
理解成故乡对我的不曾间断的祝福。

（原载《扬子江诗刊》2016 年第 1 期）

叶丽隽 ye li juan 的诗

秋日决心书

秋天。闻起来，一种反抗的味道

走到这个季节，才发现
不是条条大路通罗马，而是通向肉体

所以，回到我剩下的部分
等待一个和自己相等的身躯

此后余生，我会试着理解：
同性可欢愉，邻国有捆绑，而道在屎溺

试着，一边撒野，一边心如长天

（原载《中国诗歌》2016 年 7 月）

叶延滨 ye yan bin 的诗

一生一世

我来的时候，这个世界叫作战争
一个人十个人一百个人刚刚被杀死
没有留下名字也没有悼词
我来的时候，手术室没有暖气
冬天刚刚开始，而饥饿
早在门外守候，跺着脚听我的哭声

我哭，因为我好像听见上帝
在向我宣布我未来的一生——
经历两场战争，三年的饥荒
十次失去亲人的痛哭
一百零二次考试，一千零一次失望
五十八次被诬陷或被坠物击中

三百八十次抄写检查和思想汇报
七十五次羞辱，从幼稚园开始
到登报批判还装进内部传递的文件
吞下五百斤西式药片和中式药汤
翻过三百座山，六十八次受骗
溺水和车祸以及飞机失事，三选一
活下去的几率三百分之一……

我大声地哭叫，因为什么？
因为我好想看见上帝对我说——
孩子，这些就是你的单程票
不退不换，不附保险……

（原载《诗选刊》2016 年第 1 期）

殷常青 yin chang qing 的诗

露宿

多少年了，清风一直在吹荡，吹着一片山河的气息，
也吹着尘世的绳子。多少年了，一个人还相信那些不着边际的
爱情，相信那些流水是他的亲人，那些桃花
是他的旧爱，那些露珠是他每天的新欢。多少年了——
没有什么可以被打扰：孤独是一个人的事情，喜悦也是一个人

的事情，他是他自己的人间，他是他自己的
祖国。多少年了，一只蝴蝶经过风以后歪向了落日，
一些野花经过风以后靠近了蜂鸣，一些月光经过风以后，
投进了河流，一个人经过了风，经过了尘世，多么安静，
他用骨子里的白，回照着世界里的黑，他有缠绕的小草，
有白云，有青山，有一幅旧挂历，还有一颗平静的心——
多少年了，清风里的此岸与彼岸，因为他，多么辽阔。

（原载《诗选刊》2016 年 8 月）

英伦 ying lun 的诗

姐妹

她们让故乡的天空荒芜
她们让城市的额头葱茏

她们和男工友开下半身的玩笑，不脸红
她们和女工友谈论孩子老公和房事，声如蚊蝇
她们在高不及腰的茅房里猛地站起身来
撩起衣襟扎腰，擦汗，扇风，露出有妊娠纹的肚皮
通红的乳罩像两朵玫瑰，瞬间刺痛
一个路过少年的羞怯和吊塔愣怔的眼睛

她们夜里却像隐忍绽放的海棠
用力推开比爬架子还要性急的男人：
"你又贪，明天在架子上腿软！"
即使例行"一周大事"，也会咬住嘴唇，被角
咬住透风撒气隔音很差的板房
咬住工友的窥听和调笑
咬住男人粗壮的肩膀和沉重的喘息
咬住架子板搭的床波浪似的摇晃
直至把夜的血管咬断……

她们把该咬的都咬住了，包括生活的舌头
和快感来临时淋漓的叫声
可唯独没有咬住那个春天的梦，一生的花期

（原载《天津诗人》2016 年夏之卷）

应诗虔 ying shi qian 的诗

等一个目光把我领回家

"下雨了"，把话又安抚了下去
低头。沉默。我们分道扬镳
各自忙碌，你喂马的时候
我就摘栀子花，插花，修剪

我还来来回回看窗外，
像个丢魂的孩子，
等一个目光把我领回家。

（原载《诗选刊》2016 年 3 月）

余 怒 yu nu 的诗

出 现

在房子里写作，
不由自主会写到
灰暗和阴凉。
房子旁边，有个水塘，
看得见塘底的石头，
蚕豆和豌豆开始挂果，
这些都显得很古老了，
像是常常被翻阅但
不被理解的永恒作品。
这并没有使我更孤僻。
我每天走出房子三次，
以保证人们能看到我。

（原载《中国诗歌》2016 年 7 月）

余秀华 yu xiu hua 的诗

因为你在这个世界上

所以我在哪里走动，都遇得见浩荡的星空
它们总是让我忍不住挥动手臂
向其中的一颗招手

所以我在哪个季节，都被一些芬芳挽留
总有一些小翅膀的蝴蝶在我的伤口上
缓慢起舞

而这些赞美，我在一路之上
已经一点一点
归还于你

（原载《天津诗人》2016 夏之卷）

羽微微yu wei wei的诗

落下来

夜幕落下来
像洋葱
隔一会儿，再落一层
月光落下来，隔一会儿，将落在你的肩上
树叶在前些日子落下来了
此刻在你的脚下。落下来的
还有热爱黑暗的其他事物
它们匍匐在大地上
白天的事物在夜幕来临前升上天空
在你呼唤它们的时候
它们重新降临

（原载《天湖》2016 年第 1 期）

雨倾城 yu qing cheng 的诗

晚安

你不说话的时候
夜就来了
漫长的一生，就在此刻
有了漆黑的模样

（原载《诗潮》2016 年 6 期）

郁笛 yu di 的诗

黄昏

我只是看见了一群羊，和它们自由的列队，不远处的村庄里
一个少年的追赶。他没有扬鞭，只是一个人，目光散落在夕阳的尽头

我知道这些新鲜的麦茬上，也停留过一棵莛草的汁液
露水早在羊群之前，漫过了酷热的大地，和麦浪的故乡

收割机远了，被运走的麦粒，还散发着土地的温热气息
被打包麦草有多么无辜，一分钟之前，它们高昂着麦穗气壮山河

这只是一次大时代的收割，命运的麦田早已经注定
粮食在一条乡路上运输，奔忙者的身影里，满是机器的轰鸣和草屑

多么幸运的羊群，几乎不需要追赶，它们贴附在大片的麦茬上
像一些云朵，悬挂在高远的天空。可怜的牧羊人，只剩下了孤单

似乎整个夏天只剩下了孤单，运草车装满了黄金的秸秆
在整个夏天我看不见远方，我只是看见了辽阔的南疆，被收割的黄昏

（原载《绿风》诗刊 2016 年第 3 期）

游天杰 you tian jie 的诗

表姐， 请务必跟我走一趟

表姐，在你的桃林，天空如此湛蓝
你是神圣不可侵犯的
只有我奋不顾身水深火热地爱你
在清晨初绽的桃枝上
在阳光嬉戏的桃金娘上
在每一个日落与日出之间
我手无寸铁地爱你

表姐，我爱你像一个小孩，像小孩
手中吹出的肥皂泡泡
我刚学会走路，我就深深地爱你
你肯定喜欢我的倔犟
我爱你，就像谶语，像柳絮一样飞
我爱你，像你的莲花压着我的屁股
我爱你，像万发子弹同时击穿身体
而你，就是第一个开枪的人

表姐，请务必跟我走一趟
去看看我们的桃林

去看桃花絮语纷纷
即使此刻南风强劲地吹
即使此刻雀鸟苏醒逃离
但，春天来了
令人心碎

表姐，请务必跟我走一趟
你看，春天来了，清澈如小马驹
我在哒哒的马蹄上
我是你光明的白马
我走出书斋，带上诗稿来爱你
是的，表姐，此刻我大梦初醒
想亲你一个

我，就像一只洁白的小兽
在春天的幽谷上将你等待
我就像一把绿吉他，在花丛中
我哼唱着《闪电部队在前进》
表姐，鸟鸣淡去，苜蓿睡醒了
我渴望你有气质的飞眸
更野一点

因为，今天我要你做我的女人
表姐，你穿着白色褶裙，露出美丽乳钵
你完美得什么都不需要，但你需要我
你噙着一滴泪，把一绺青丝
倒映在春日的镜面上
这里芳草萋萋，一只幼鹿迷失在桃林
我掏出枪给她致命的一击

表姐，可以想象，我是那么奋不顾身
咬牙切齿地爱你
我像齐威王一样，三年不鸣

一鸣惊人地爱你
我把春夜一个个拆散来爱你
我把闪电捶打成补丁来爱你
我带上我的诗稿披星戴月来爱你

表姐，你知道，我是一个扎实的诗人
我把最好的时光都献给了诗歌
为了爱你，我已经好几天没写诗了
你知道吗？诗歌就是我的饭，我的命
自从有了诗歌，我的人生才初具规模
我才敢如此大胆地一意孤行地
挥霍无度地飞马扬鞭地
像秋风扫落叶一样地来爱你

表姐，有人说才情横溢的诗人
永远是个孩子
那我就像个孩子那样爱你呀
在这物欲横流的时代，表姐，不管你
爱不爱我，不管你接不接受
我的爱一如既往，坚贞不渝，始终如一
表姐，原谅我，这彻底的情种

（原载《西湖文艺》2016 年第一期）

曾丽萍 zeng li ping 的诗

白

雪，月光，未来
这让人欢喜的，是白

发丝里的银，老时光，回忆
这些让我在黑暗中醒着的，是白

新铺开的信笺，以及
在笔端流浪的浮云和羊群，还是白

在你到来之前
半生，都是空白

（原载《文学港》2016 年第 8 期）

扎西才让 za xi cai rang 的诗

改变

桑多河畔，每出生一个人
河水就会漫上沙滩，风就会把芦苇吹低
桑多镇的历史，就被生者改写那么一点点

桑多河畔，每死去一个人
河水就会漫上沙滩，风就会把芦苇吹低
桑多镇的历史，就被死者改写那么一点点

桑多河畔，每出走一个人
河水就会长久地叹息，风就会在四季里
把千种不安，吹在桑多镇人的心里

小镇的历史，早就被那么多的生者和死者
改变得面目全非。出走者，你不要回来
你就别想再改变这里的一草一木啦

（原载《中国诗歌》2016 年 1 月）

翟营文 zhai ying wen 的诗

摒弃空洞的词汇

在说出祖国之前，我摒弃所有
空洞的词汇，也绝口不提
疾苦和风雨，我只说野蔷薇怒放的
清晨，只说月亮剪出美丽的影子
我也自愿放弃饱满和果实，放弃已经
成熟的一切，但我不放弃流年
风中的芦苇和苍白的头发
不放弃中年的尴尬和迟疑
缓慢到来，点起灯笼，喂饱马匹
不在意花开花落，只在意忠贞的坚守
在说出祖国之前，我还要说出天气和
炊烟，说出水穷处的茂密
说出梨花和不相识的孩子
就像摒弃虚伪的情感，我摒弃
空洞的词汇。我只愿与世界
交换呼吸，把你的荒芜给我
我们曲终人不散

（原载《福建文学》2016 年第 1 期）

张二棍 zhang er gun 的诗

挪用一个词

比如，"安详"
也可以用来形容
屋檐下，那两只
形影不离的麻雀
但更多的时刻，"安详"
被我不停地挪用着
比如暮色中，矮檐下
两个老人弯下腰身
在他们，早年备好的一双
棺木上，又刷了一遍漆
老两口子一边刷漆
一边说笑。棺木被涂抹上
迷人的油彩。去年
或者前年，他们就刷过
那时候，他们也很安详
但棺材的颜色，显然
没有现在这么深
——呃，安详的色彩

也是一层一层
加深的

（原载《扬子江诗刊》2016 年第 1 期）

张洁zhang jie的诗

双声部： 晚安

夜已深。大地空旷起来。樟树的香气们，悄悄欢喜着，跑来跑去。
月亮有些晕了。
我说了几句，你也晕了。
偷偷地笑，无人知。
晚安。希望今夜不再做梦偷游艇。

夜已深。大梦空虚起来。猫头鹰的巨眼，静静观照着，扫来扫去。
月亮有点凉了。
我说了几句，她也凉了。
暗暗得睡，无人知。
晚安。希望今夜不再住游艇造访外星系。

（原载《中国诗歌》2016 年 4 月）

张琳 zhang lin 的诗

我为什么歌唱青草

理由很简单：我爱它们
在荒野上
默默度过青黄相接的一生。
不向左，不向右
它们只向上生长着，根在哪儿
它们就活在哪儿。
永远比风低一截
让风无处可藏
永远高于泥土，埋住的只是草籽
无法埋没的
是青草毫不潦草的一生
有名无姓的一生。
有一次
我在深夜写诗，突然想起
我为什么歌唱青草
为什么像青草一样
眼角挂着晶莹的露珠。
想不明白，是一种折磨
想清楚了

是另一种羞愧：活着背井离乡

死成一块墓碑

也免不了被搬来搬去……

（原载《中国诗歌》2016 年 6 月）

张牧宇 zhang mu yu 的诗

情诗

如果有人爱我

我就开给他看

使劲地开，用力地开

把积攒一生的

好看的样子

都开给他看

（原载《中国诗歌》2016 年 7 月）

张庆岭 zhang qing ling 的诗

全是倒叙

生活
是永无结果的

风一吹，故事开始
努力做到——爱比恨大
有点像打排球，传过来传过去
千万别叫结局掉在地下

大雪飘呀飘呀飘下来，覆盖了整个过程
时间无论如何都停不下来了
她多想回头看看来路

对死来说　生
全是倒叙

（原载《扬子江诗刊》2006 年第 3 期）

张鲜明zhang xian ming的诗

绳子咬着我

绳子咬着我

进入我的骨头
进入我的心
成为我的一部分

即使把它取下
我依然保持
被绑缚的姿势

我一边诅咒
一边思念那绳子
就像皮肤想念衣裳

（原载《诗江南》2016 年第 4 期）

张妍文 zhang yan wen 的诗

原谅

欢乐与哀愁搅拌着
有糖　有盐　有味觉和触感
六只螃蟹，半斤虾
挑逗细节
在乌云和晴空之间
我是边际不明的存在

大米还是面条
我不在稿纸上书写
碗筷刀叉　西式还是中式
超出思考范围
不踩在生活上，踩在云端
我是即将灭绝的物种

我的神经脆如舌尖上的青笋
随时等待噩梦吞咽
我是痛苦诞下的弃儿
多疑的双生子
脱离生活也纠缠生活

带着无法痊愈的病症
我们分离并且重逢
原谅　是饮一杯苦酒
复饮甜酒

（原载《辽河》2016 年 6 月）

张元 zhang yuan 的诗

花间辞

我们每一次的相遇，仿佛都阔别已久
我们分开了太多次
就像下落的枫叶，颜色亮丽
可离别的气氛又太过于厚重
在能目及的四周，沉默
沾染出一双带泪的眼睛
和一轮弯弯的月亮

（原载《飞天》2016 年第 7 期）

张作梗 zhang zuo geng 的诗

秘密

我有一个秘密它限制了我的言说。
我有一个秘密它不停拓展我叙述的疆域。

我有一个秘密我每天温习像祈祷。

我有一个秘密它纠集所有的我反抗这个世界。
我有一个秘密它不像秘密更像隐私。

我有一个秘密它像我的
灵魂转世因为我的灵魂曾在你怀里死去。

我有一个秘密我每天默诵着它直到我的
心里同时装满春天的奢华和
深秋的萧瑟。

我有一个秘密我说出来不会真相大白只会
使我坠入更深的迷惑中。

我有一个秘密它制造所有的风暴摇撼我。

我有一个秘密它令我心有忧戚而你仿佛从未感知——
你依然青梅竹马并不知道这个世界已经长大。

我有一个秘密它像欢娱更像忧伤；

啊面对这险象环生的
秘密，我承认我不是一个提得起放得下的人。

我更为胆小和自私，我生怕这秘密只是一层窗纸，
生怕这秘密一朝说出便毁了一生构筑的世界。

我有一个秘密我每天默祷着——
最好我的心是从不拆迁的原乡，
即使风雨飘摇，也能抱持未被污染的爱，
让它老死故里。

（原载《诗刊》2016 年 6 月上半月刊）

郑 委 zheng wei 的诗

田野读信

词语有草木的味道，长短句像白鹭，你的心意
如草木平仄，我可以妥善地安放在手心

我用炊烟读你的远方，用秋水比你的秋波，而你的小悲伤
在晚风里会被悄悄地吹淡，变得温暖

信里的很多事像秋天，黄叶偶尔飘下停在潮湿的字上
认真的小落款像你写信时挑亮的旧灯笼

我合上信，慢慢贴在胸前。回信已拟好：
这里豆荚熟了，麦子发芽，有一座古桥我已认他是故人

（原载《中国新诗·最美情诗卷》2016 年 4 月）

中田村 zhong tian cun 的诗

想母亲

天空，会掉下树叶
会有闪电、雷声、冰雹
陨石，像血球坠落
大海溅起星光，通宵轰鸣
天空，一定还有什么
没有放下

（原载《诗选刊》2016 年第 2 期）

周道模 zhou dao mo 的诗

在耶路撒冷哭墙前我默默祈祷

我父亲是基督徒他却衰老病逝无法来这里祷告
父亲逝世前我就梦见他从故乡田野飞身上了天
我来到哭墙却不哭，只是手摸石墙替父亲祈祷
我是人类的一员，我祈祷自然就想起了人类
我手触石墙我摸到了修建圣殿以色列人的汗水
我手触石墙上的阳光我摸到了教堂被毁的火光
我额触石墙我听到了千年人流的哭声祷告声
我额触阳光我听到了父亲在天上说"阿门"
高耸的石墙啊是否每块石头都是心灵的通道
千年的石墙啊是否每个石缝都是天堂的窄门
我没有写纸条没有塞进我的祷词只在心里默语
我的目光穿过石缝我看见了人类的历史和前程
我祈祷我的人类尽快聪慧些走出漫长的童蒙期
我祈祷人类脱去战争的黑袍去沐浴和平的春雨
我祈祷每个人都学会在心里栽培橄榄枝的未来
我祈祷每个人都走出历史的阴影走进自己的光明

（原载《四川诗歌》2016 年第 5 期）

周所同 zhou suo tong 的诗

戏作： 一个糖尿病患者在哈密

诱惑与禁忌，在哈密是最大
矛盾。与遍地瓜果幽会
像遭遇甜蜜爱情；我是掩耳盗铃
之徒，索性忘掉白色的医嘱
以命抵身一路吃下去，血糖升高
权当爱得忘我、危险与刺激
不错：自由给的愈多用的愈少
而禁忌太过，活着等于死了

2016. 9. 7

（原载《兵团文艺》2016 第 6 期）

朱江 zhu jiang 的诗

祭奠

不见刀光，没有血影
最终我们都消亡
而雪崩就隐忍在雪山之中

（原载《诗刊》2016 年 6 月上半月刊）

朱柱峰 zhu zhu feng 的诗

走向你

在所有的悲伤离别都与我无关之前

我要走向你

在阳光层层落下的清晨走向你

在时间慢慢沉默的落日走向你

在夜晚缓缓燃烧的星空走向你

就算是路边站立的树

我也要在黑夜拔起双脚

走向你

变成寒风走向你

变成闪电走向你

变成你昨日路过的斑马线

走向你

明天就要冰雪封山

我要走向你

（原载《光年》诗刊第一季2016年5月）

自明 zi ming 的诗

在时间的默许下

在时间的默许下
我渐渐原谅了自己
继续，残忍地活在这个世上
任风吹雨打，岿然不动

我伤过的人，去了别的地方
她已把伤疤全部带走
却遗下了丝微血迹
我的空气里弥漫着的味道叫作疼痛

两个人一旦对视
便是战场
自然而然要运用兵法和凶器
没有人能够全身而退

像一把刀，裹进鞘中
我仍在原地，持有惯常的敌意
但现在我要收起锋芒
做个好人

（原载《诗选刊》2016 年 8 月）

阵地·新媒体诗选

阿海a hai 的诗

江汉关

　　——致程川

雨丝干闷，对天气的复述更深沉
我眷恋的是那座阳光下的喷泉
它闪光，随即消散

三天里，我不停退回燕子的身体
是我的战栗打翻了那些餐桌上的牛奶，安神丸和绝句
也是我的战栗养活了它们
当他指着这幢一比一的建筑
这些白花花的大理石，这些日光下坚固的虚构

这些未知，我们长此以往地出入
并在适宜怜悯时
垂下不多的，断肠人需要的若干柳枝

（原载"安眠岛"微信公众平台 2016 年 7 月 20 日）

阿毛ₐ ₘₐₒ的诗

花树下的石头

蚂蚁爬了三个钟头
我们爱了三个春秋

树影罩了一年
又飘下一旬的花朵

被风用一瞬吹走

这些
被私藏在个人影像里

满腹的爱与哀愁
开不了口的石头

（原载"诗藏阁"微信公众平台 2016 年 3 月 13 日）

阿信ɑ xin的诗

挽歌的草原

挽歌的草原：一堆大石垒筑天边
一个人开门看见
——但忘记弦子和雨伞

挽歌的草原：花朵爬上山冈，风和
牧犬结伴
——但没带箱子和缀铃的铜圈

挽歌的草原：喇嘛长坐不起，白马
驮来半袋子青稞
——但一桶酥油在山坡打翻

挽歌的草原：河水发青，一堆格桑
在路旁哭昏。哑子咬破嘴唇
——但鹰还在途中

挽歌的草原：手按胸口我不想说话
也很难回头
——但远处已滚过沉闷的雷声，雨点

砸向冒烟的柏枝和一个人脸上的

土尘

（原载"雁门诗稿"微信公众平台 2016 年 5 月 9 日）

艾泥ai ni 的诗

行酒令致 ZH

诸王在

春犹远

盆火烧栗炭

依旧是冬夜漫漫

霜寒杯冷

朕亦有些倦

不想写诗

且让 2007 新年的

这个小酒吧

只弹一把

木吉他

且容朕与朕的才华

埋没于群众

心有江山万里

怀抱美女一名

且听歌

且饮酒

且大气

且温柔

四海之内皆兄弟

与尔同销万古愁

（原载"突围诗社"微信公众平台 2016 年 1 月 2 日）

本少爷 ben shao ye 的诗

离

深夜看见自己乘火车，像是为了另一个人而来

有人远远地来了，为了在此和你离散

有人从天而降，为与你相识再离散

（原载"突围诗社"微信公众平台 2016 年 2 月 9 日）

彬儿 bin er 的诗

我是夏娃

当我是一条肋骨的时候
曾经完全地属于你
那时候。我
没有头发，眼睛，也没有乳房
不会说话
更没有眼泪
那时候，我还很纯洁
没有被诱惑过
也没有堕落
那时候
蛇还没有被变出来
伊甸园里
善恶树的果子还结在枝上
我是你骨中的骨，肉中的肉
我曾经离你的心
很近，很近
当我因分娩而死去的时候
你的胸口，疼了一下

（原载"摄影与诗歌"微信公众平台 2016 年 3 月 25 日）

查文瑾 cha wen jin 的诗（回族）

偏爱

七月没过
就有叶子黄了
就有叶子
落在了我头上
刚要问个为什么
凉风一路小跑地赶来对我说
嘘，不要告诉别人
知道吗秋天来了
好像秋天是个神职人物
好像落在我头上的叶子
是他摸顶赐的福

（原载"诗天空"微信公众平台 2016 年 9 月 9 日）

陈广德 chen guang de 的诗

空寂

原来是一棵树。后来是两棵行走的
树。这样，每一圈年轮，
每一个枝梢，都有了某种联通。

无数盏灯发出风一样的光芒。
夜色更深。

岁月之外的那条小路，
越来越短了，短到放不下晃动的
身影，放不下剖开的年轮。放不下，
就选择覆盖，或者，装进心胸。

只是，在一棵树返回原地的时候，
小路长了，那覆盖
被一点点抽空。

（原载"卢沟文学"微信公众平台 2016 年 9 月 22 日）

陈会玲 chen hui ling 的诗

暗巷

总有一条这样的巷子
木头的房子，低矮的屋檐，高高的门槛
不是暗于夜色，就是暗于人迹罕至
总有某一天，有某个人，独自来游荡
他有着矫健的步伐，自信能跑过黑夜
他的内心，日夜提着一盏明亮的马灯
他从东边的巷口而来，一身酒气
很快就迷失在这盲肠里
而我从西边的巷口出发
如果我不顺势拐弯，闪进另一条小道
那么，他的光亮，将穿透我
像灯塔的光拂过海面
我们面面相觑，如梦初醒
而我渴望黑暗幻影一般覆盖
两个黑暗中的人，两株植物
或者两只乌鸦，屏住呼吸
每一条暗巷都暗藏心事
我们侧身而过，仿若冬天的枝丫，忘记低头

（原载"反客诗歌"微信公众平台 2016 年 3 月 22 日）

陈万 chen wan 的诗

白费

我不要像写诗那样
去写什么诗
我要吃饭
卷舌头。
对着窗户外面
吐我感受到的感觉
当然，不是真的吐出来
是让它们知道
那些蔬菜
奔跑的牛，羊
所经历的一辈子
都没有白费

（原载"孤岛诗歌"微信公众平台 2016 年 3 月 23 日）

陈先发 chen xian fa 的诗

天赋鸟鸣

紧贴雨后的灌木
听见鸟鸣在平滑的
听觉上砸出
一个个小洞
乌鸫的小洞，黑尾雀的小洞和
那些无名的
粗糙的小洞
耳朵在修补裂隙中尽显天赋！

每一株灌木中都有
一只耳朵
微妙地呼应着我们
在喉咙中搅拌的这泥和水
我试图喊出
一些亡者名字
我只有听觉的美妙世界
平衡着冷战以来的废墟

难道让我去重弹那崩坏的琴？

我全身的器官

都浪费掉了

只剩下耳朵来消化

排山倒海的挫败感

一把搂过来这看不到边的雨中

灌木

再无力提起

早在雨水中烂掉的笔

一把搂过来这剥了皮的宁静

鸟鸣中的这个我

终于来了——但我不可能

第二次盲目返回这个世界

（原载"诗藏阁"微信公众平台 2016 年 3 月 19 日）

陈小三 chen xiao san 的诗

我的暑假

那些白云、那些牛马，牛马般幸福

刍狗般幸福

后山上的灌木、藤蔓、青草和小乳头似的绿色果实

疯狂地纠缠，结实，生涩

蝉鸣般的暴力，青草般的情欲

太阳毒辣的红眼，盯着背上结盐粒的人民

那些有罪的人民

啊，让我爱上赤道正午天空高远

白云轻

让我爱上漆黑的夜晚，瓶中之水和旋转的星光

我还有一个纯洁的暑假要和你一起过完

（原载"撞身取暖"微信公众平台 2016 年 5 月 5 日）

陈依达 chen yi da 的诗

致维庸

帷幕伸向终极的两侧，

缓慢的巨翼屏住所有呼吸。

角力，生活拉响了众生的风箱

从回旋的呼哧声中走出

命运的宠儿与斗士。

更开阔的视野复制聚光灯

——水族馆与森林被纳入舞台：

知更鸟为比目鱼送去你蔚蓝的称谓

"brother，brother，brother"；

于是平添了一条银色丝带。

水中倒影传神的时刻

真诗人为"被夺去的绿"，

而曾经拥有如此多，吐露灵魂的足迹。

在你的诗行之前

"镜子隐身，剥出确信。"*

上苍给我一位心灵闻香人

时而在台前，时而采集碎片。

有时风暴逼人至舞台边缘

折翼的天使盘旋在深崖

"光在何处？光在何处？"

更辽远的轮廓仍然依稀可辨；

那属于你的，不能被抹杀的刻痕。

风更紧。她的力量是否依旧足以变浓

阻止一个无疑太过早至的进程，

片刻深切的宁静中呼唤：

我的诗人兄弟，诗人中的雄狮。

*"镜子隐身，剥出确信。"语自维庸（1972—2012）

（原载"海峡国际诗汇"微信公众平台 2015 年 12 月 24 日）

程川 cheng chuan 的诗

长 相 忆

——赠阿海

时间落雪，我们围坐在空荡的火盆旁
饮酒，倾谈一种不醉的悲伤
谈你到过的陕北、内蒙、河北
无依无靠的内陆省份，在干旱的命运里寻找天涯
谈那些亘古往事——
有着风吹草低见牛羊的面庞

不过这次，你仍旧没醉
携带的长江水已化为热汗淋漓的泡影
像是找寻体内的悬崖
在曲折的胃腹中辗转反侧，恒久过后
依旧没有探寻到往事的出口

苍劲的北风箭镞般刺向那些形影孤单的人群
海拔五百米的苍凉
唯有一辆午夜从成都开往汉口的火车
知晓他们的冷暖。一路向东
是安康、十堰、武当山

是襄阳、随州、云梦，是一条河流的尽头

终点，归宿……或者其他

混合着汉中啤酒和青木川的青梅酒

我们饮下瓶装的辛甜苦辣

那局促、狭小的空间只容我们一个人醉

很多时候，醉了就不辨方位

很多时候，你只是一味地说话

就像那辆按时驶来的火车，守着两根铁轨

向东，过汉江、长江和大海

而天涯海角自始至终精确到两米见方

（原载"安眠岛"微信公众平台 2016 年 7 月 20 日）

池莉 chi li 的诗

原罪总被提醒

总是有被伏击的时候

总是有被伏击的原因

生病总是必然的

原罪总会被提醒

闭上眼睛吧

躺下
认罪
说：我顺从
地球

我，顺从地球
放下身段与宇宙
以及所有天体一起
只做圆周运动
顶天立地
的确
太尖锐了
好痛

你这食物链顶端的掠食者
你这紧紧盯住猎物的掠食者圆形瞳孔
再给你一个机会眯缝眼睛
请站在马或者羚羊狭长瞳孔的立场上
忏悔
进入苦痛
进入忍耐
进入宽容
进入自愈

（原载"长江诗歌出版中心"公众微信平台 2016 年 3 月 21 日）

楚石 chu shi 的诗

多余的话

——纪念保罗·策兰

你只是回到了从前
回到人类学会说话之前

那时，人类用谷子、羊和手
说话　话语明确
从无歧义

弓箭和石头打开的天空
并不寂静和孤独
星星从海上来
但没有词

那就忘掉词
忘掉话吧
让我们回到从前
回到你
回到你的现在

（原载"长江诗歌出版中心"微信公众平台 2016 年 7 月 7 日）

窗 户 chuang hu 的诗

傍 晚

再也不会有人遇见你的傍晚
就像再也不会有人想起你的傍晚
你锄草回来的傍晚，砍柴回来的傍晚
守田水回来的傍晚，独自从山中、地里
回来的傍晚，月亮刚升起来
路边风高林黑的傍晚……你每天的傍晚
我能想到的只有这些——可这些
足够我遥想一辈子了妈妈！这些傍晚
就像后来升到天空里的星星

（原载"大诗刊"微信公众平台 2016 年 3 月 12 日）

大喜da xi 的诗

石头兄弟

一块，两块，三块
这些石头强行进驻我的城池
成为我身体的强硬派
只那么一下
就摁住我那么多泪水和星光
再慢慢用旧我
它们请我住到最安全的心里
当柔软的反对派
鼓动起火焰和流水
并以字词和线条
镌刻面容的沧桑
它们故意绕开了岁月的刁钻
与我轻轻拥抱
这多像失散多年的兄弟，彼此相认

(原载"中国当代诗歌选本"微信公众平台 2015 年 12 月 14 日)

德乾恒美 de qian heng mei 的诗

夜幕下的合唱团

暮秋夜行，月明星稀，虫子闭眼
南川西路大堵车，我踉跄跳下船
是一地的碎银，前方昏暗，有烧酒
民工躺在皮卡车后，一辆车冲过
扬起一团灰，尘土在灯光下唇枪舌剑
喝干二两，喧嚣才去。酒醉，困顿四起
隔壁家的白猫跳进了菜地，草垛里跳出两条狗

院里有花香，还有淡淡牛粪草香，雨滴
落下，越来越大，墙角开裂，后院大水
你淋湿衣裳，挥汗掘土，白菜贴伏泥地
被雨水冲得白白，白猫站在柴禾堆
又哭又闹，比叫春还凶。铁皮洗衣盆
积满水，湿漉漉的狗尾巴，湿漉漉的猫耳朵
满园秋色，被大雨浇了个七零八落
又拖拖拉拉，下了一宿，连魂儿也湿透！

夜半酒醒，叶落满院，走下台阶
是一地的碎银，水波荡漾，波及遥远

（原载"民族文学"微信公众平台 2016 年 9 月 15 日）

飞 廉 fei lian 的诗

东坡坟前

所有的人都喜欢你，
我不识字的老父亲也能讲你和佛印的故事，
一个地主的长子，
历史跟他开了个玩笑，
让他年轻时有机会来平顶山挖煤，
一个下雪天路过你的坟。
四十年后，一个晚秋的黄昏，我第一次来到这里，
中原大地上，最常见的一座小土堆，
清冷的杂草间，散布着细碎的小黄花。
"绚烂之极"①，归于平淡。

①东坡《与侄书》

（原载"诗藏阁"微信公众平台 2016 年 3 月 13 日）

冯谖feng xuan 的诗

浮躁

我的粗鄙与生俱来

又与日俱增

犹如此刻

踩在故乡的土地

仍是那相同的长江水

教我郑重其事

一千六百七十公里

没有人能将它甩掉

我也无能为力

积在远处山腰侥幸的白呵

不必赌气

关乎美学的战役

你早已胜利

每天我盼望中年的到来

以此证明我当真不肯

不会和他们一样

（原载"冯谖"新浪博客 2016 年 2 月 3 日）

嘎代才让 ga dai cai rang 的诗（藏族）

在玉树

路上不必惊慌。疲倦的狼

像颤抖的花朵

藏不住内心，数十万只羊

先前停止了泪水

这时，需要备好雨水，让狂乱的云朵

暂时度过寂寥的正午

这时，鹰的哀伤

豹子的儿女

都该有一段秘密的暮色，而繁星显现时

我也该想起囊谦土司

顺从神的旨意：

"恢复一朵莲花的孤独

恢复一截哭声！"

三江源一夜，我反复怀念

锈迹斑斑的一把钥匙。

（原载"中国诗歌学会"微信公众平台 2016 年 9 月 30 日）

刚杰·索木东

gang jie · suo mu dong 的诗（藏族）

路发白的时候，就可以回家

我们站在草地上唱歌
天色就慢慢暗了下来
再暗一点，路就会发白
老人们说——
路发白的时候
就可以回家了

多年以后，在城里
我所能看到的路
都是黑色的
我所能遇有的夜
都是透亮的
而鬓角，却这么
轻易就白了

（原载中国诗歌网"每日好诗"2015 年 12 月 19 日）

高粱 gao liang 的诗

安慰

必有一个春天是最后的春天。必有一条缆绳松开
走完最后的航程

最后的灯要熄灭，最后的火焰
迎来灰烬。最后的进入　带着最后的激情

粗糙需要细腻、坚硬如铁
需要柔情似水
当我们互相取暖，互相满足
这更像是一场暴动

一个人孤苦无依，两个人就可以结成同盟
在黑夜里把彼此送上辉煌的峰顶　这是原生的，野性的
夜晚。我们脱尽了历史、文明、荣耀和耻辱

像在混沌初开之地，我们卖力地
创造新世界

（原载"浅吟低唱西海岸"微信公众平台 2015 年 12 月 8 日）

宫池 gong chi 的诗

咒语

用夜熄灭幻影
用手熄灭暗夜

说："万有的
——引力为三。"

"一而再，再而衰，三而竭"
勿要轻易念经：

时光浩劫之人
永为诗人

（原载"宫池"微信公众号 2016 年 6 月 9 日）

管一 *guan yi* 的诗

谁还敢有浩荡之心

试图藏起太阳的人　与落叶同谋。
秋风卸下了万物的锋芒一棵小草
它收获的种子几乎被忽略不计
而那二排巨大的杨树呆呆地静立着
不知是站着还是该坐下来。
它们都是被盛夏宠坏的跟风者
一遭遇秋风便野心全无。
谁还敢有浩荡之心
她说到秋雨秋雨就如约而至。
那短暂的欢愉仿佛不是人间所有
仿佛是秋天对大地的揶揄
然后让大地坠入黑暗。

（原载"思无邪"微信公众平台 2016 年 4 月 29 日）

海湄 hai mei 的诗

我有条河

你信不信我有条河
我的河里有牛羊
有鱼虾
我漂在水草上
把喜欢的云拉进水里，把它们养大
让他们下雨
毛毛雨，小雨，中雨，大雨
让他们刮台风
哗啦啦
扫荡半壁江山

你信不信我的河里
有山坳，有石头
有各种果树
我搂着杏树说
少时，我爱它的果
现在，我爱它的花
以后，我爱它的骨朵
我要让它开出

墙头
开到河边

（原载"潮诗刊"微信公众平台 2016 年 3 月 20 日）

黑陶 hei tao 的诗

绝对真理

人世的黑暗与伤痛
低微如尘埃
月亮的美，是绝对真理

（原载"诗歌是人间的药"微信公众平台 2015 年 12 月 17 日）

胡 弦 hu xian 的诗

左手

右手有力。
左手有年久失修的安宁。

总是右手相握，在我们中间
打一个死结；或者

像个有力的扳道工。当生活
这列火车从右侧呼啸而过。左手，
在左侧有了另外的主张。

右手前伸，
左手还滞留在记忆中。
"某些间隙，世界就像消失了……"
无所事事时，右手
会不经意间握住左手，

像握着一件纪念品。

（原载"长江诗歌出版中心"微信公众平台 2016 年 9 月 18 日）

湖 北 青 蛙 hu bei qing wa 的诗

与上海问路的农民兄弟谈此去的家乡

家在安徽安庆。那一带的远山种豆萁。
沟湾水稻十月如黄金。
海子的家乡，秋风吹满了山冈
三千里外，我的爹娘，过着我所知道的越来越少的光阴。

（原载"突围诗社"微信公众平台 2016 年 2 月 9 日）

黄礼孩 huang li hai 的诗

没有人能将一片叶子带走

众人散尽的清静
像唱诗班的余音
弥漫出叶子的浅绿味

人终是要散尽的
就像树落下叶子
可没有一个人
能将一片叶子带走

母亲很早就已经去了
我坐在众人散去的地方，听见风
送来多么熟悉的声音
它来自天堂，我不能拥有

（原载"长江诗歌出版中心"微信公众平台 2016 年 6 月 22 日）

剑男 jian nan 的诗

上河

阳光是逆着河水照过来的
照着挖沙的船，日益裸露的河滩，以及
河滩上零星的荒草，说是河
其实是众多的水凼子，因此远远看上去
就像一面打碎的镜子散落一地
不再有浩荡的生活
不再有可以奔赴的远大前程
上河反而变得安静了，并开始
映照出天空、山峰以及它身边的事物

（原载"长江诗歌出版中心"微信公众平台 2016 年 7 月 7 日）

剑语 jian yu 的诗

雪未销

大风雪，唯一惦念的人是林冲
他擦拭遗留灰烬深处的火光和狂风嘶鸣的蹄印
再将头低些，低过摇摇欲坠的暮色
冰雪之下，没有谁甘心遁隐于草木的死

（原载"潮诗刊"微信公众平台 2016 年 3 月 5 日）

姜庆乙 jiang qing yi 的诗（满族）

摘抄

我们的心住在石头里
生活的重锤
一次次敲打出火星
在盲目的命运中
我们把这点光亮叫作
爱

（原载"诗歌"微信公众平台 2016 年 5 月 27 日）

蒋雪峰 jiang xue feng 的诗

一个人

——献给梵高

一个人在十月降生
大门在身后关上
一个人的光芒能持续多长

一个人蹲在码头
身边是出网的春天
眼睛早已黑暗
一个人在拥挤里感到寒意

一个人在深秋舔舐伤口
星光　月辉和日影
一个人不声不响
一大块乌云埋着这个人

一个人几乎看见爱情
看见雪地里的秕谷
一个人被自己的脆弱罩住
一个人流自己的血

一个人的村子
他的无奈　它的炊烟
一个人在井底难以自拔
季节啊　雷啊　电啊
白刃啊　兄弟和姐妹啊
一个人是一堆冒着热气的废墟

一个人还能结多少疤
在硕果里腐烂多少次
一个人的道路被谁转换为歧途
一个人忍受着

一个人的泪水里还藏着谁
一个人在六月捧起雪花
从另一个地方把自己打量
一个人在鸟兽散去时站立
他的黎明和夭折　他的棺木
他七寸上的血滴
一个人啊　把头靠在自己胸前

一个人把耳朵献给妓女
一个人的阿尔　风把月光撕成碎花片
一个人在提塔希岛变成土著
一个人含在嘴里的枪响了

一个人是时间的蛀虫
他留下的齿痕成为一种证词
他的影子缩回他的身体
他在陌生的事物里听过鸟鸣

（原载"白花的白"微信公众平台 2015 年 12 月 22 日）

解jie的诗

告 别

初冬铁棚浮船搁浅的午后

我炎热中躲进湖景小屋

我面对大泽歌唱

阴影，被风吹向湖畔

女子，深一脚浅一脚

我看见冰糖橙满山燃烧

每个人都捡到了五彩斑斓的石头

船主却不知去向

我做的白日梦

是脑袋里天空依然阔蓝

像湖水拍岸时白鞋陷入泥淖

渔民从土坡跑过，黑狗紧随身旁

当湖水对垃圾产生怀疑

蝗蜓早就爱上浅滩

（原载《当代汉诗》微信平台 2016 年 4 月 6 日）

康若文琴 kang ruo wen qin 的诗（藏族）

寺庙

门洞开
除了尘封已久的光影
谁一头撞来

喇嘛坐进经卷
把时光捻成珠子
小和尚，跑进跑出
风掠起衣角

净水。供台。尘埃
起起落落

禅房的窗台
吱嘎做响的牙床
谁来过
又走了

（原载 "藏人文化网" 2015 年 12 月 14 日）

赖廷阶 lai ting jie 的诗

漫无目的

漫无目的地行走，涉水
漫无目的地翻动夜晚里的深渊

我奔跑着，像是一场凶猛的沙尘暴
我不需要遮蔽，隐藏，不需要用清水漱口

不需要用一地白雪装饰表情
我们不谈青春，不谈薄暮与相逢

我们不谈尘世的人来与人往
不谈起伏的山峦为什么高过了灌木丛

不谈粗粮与细粮的搭配
不谈波浪与微澜的距离与尺度

不谈秋天的流水与庙里的焚香
不谈佛教的意义与人类的苦痛

不谈戏文里的假象，面具后的憎恶

我只是静静地面对这人间的烟火

（原载"中国诗歌学会"微信公众平台 2016 年 10 月 11 日）

冷眼 leng yan 的诗

新疆冬日

以下部分可以省略
因为每个句子，都在
冰天雪地的古江巴克乡
我租来的小房子。
在那儿，我用酒精煮我的诗
它只有 7 平方。屋外
雪一直在下着，下雪。
昆仑湖在吹着和田的风向车。
隔壁是维吾尔族人，在唱歌
跳刀郎舞，用热瓦普和手鼓
伴奏。他们听起来，很快乐。
是的，要过古尔邦节了。
我也应该很快乐，至少
也应该很快乐。但是
雪，一直在下着。下在
另一个邻居的屋顶

昨天，那对四川小夫妻，死了
两岁大的女儿，因感冒
打错了针。我帮她埋了
在昆仑湖的葡萄树下
不知那女婴还会不会哭
当我拉着铁锹回到房间
把她独自一人藏在土中。
而我在写作，用酒精煮我的心。
在这里，在古江巴克乡
真主在清真寺塔楼上
喂养着新疆天空上的鸽子。
而我在想些什么，在想些什么？

（原载"冷眼一凡"新浪博客 2016 年 1 月 13 日）

李南 li nan 的诗

凡人的律法

如果我饥渴，求你给我些吗哪
正如你赐给旷野中的以色列人。
如果我仍然骄傲，求你把我的语言变乱
像那些建造巴别塔的人。
如果我不思悔改，求你降病于我

麻风病、癌症、又聋又瞎……
如果我一再软弱，求你不断试练我
给我一个约伯的命运。
如果我行了善事，求你使我铭记：
"不要叫左手知道右手所作的。"①
如果我写出了诗篇，求你交给伶长
用鼓与钹来为你弹唱。

①引自《圣经》（马太福音6：3，4）

（原载"简单文化"微信公众平台 2016 年 3 月 28 日）

李唐 li tang 的诗

夏季来临前一切都像幻觉

夏季来临前一切都像幻觉
人们在客厅里讨论不存在的收成
窗外是绿油油的球场，人群在呐喊
有人探出头去。空无一人。

没人会在意这些琐事。
夏天，她关起门来，为我展示
一道崭新的伤口。成年人的世界

总是储藏了太多的盐。
黑暗中，我们试探彼此的嘴唇。

蜻蜓，蚂蚁，小型直升机
孩子们穿行于青草迷宫
那个新教员，弯下腰，寻找失落的镜片。
他从笼罩的黑影中抬起头。

午后的寂静。是谁交换着隐秘的笑容。
面具般的童年，覆在你的脸上。
从墙上的小洞或死鸟的眼中
你看到了太多东西。你从不告诉家长
每晚，都有人在窗外轻喊你的名字。

（原载"中国诗歌网"2016 年 4 月 6 日）

李以亮 li yi liang 的诗

睡谷

我不倾诉爱情的哀伤。只要灵魂
真正结合，如巨大的根茎
就不像肉体那么容易分开。
我不奇怪为什么唯有你能理解

我何以独自归于寂寞与宁静

绝不将灵魂与肉体混为一谈。

你给我留下了一座真正的睡谷，一座

诗歌不朽的发源。那里阳光柔和，地气温热

你垂下贞洁的丝带，展开热情的鸽子花

当流水把泥沙搬运，太阳转过了山顶。

——那时候，我们只知道简单地相爱

对世界别无非分的要求。

（原载"突围诗社"微信公众平台 2016 年 1 月 2 日）

李志国 li zhi guo 的诗

稻草人

割禾者纷纷下山去了

他们身后的经历

就像跑遍田野的稻草

留下散籽时的雀跃

而你看够了人心被盗

和鸟儿的表情

重新回到一年的阳光下

细数往事如爪

细数作物的队伍里

走过无数白天

走出人类的惊讶

你可以远离那些奔跑

成为一则草木寓言

正如认识幻觉中的鸟

或作温柔的杀伤

或被另一片羽毛击倒

（原载"中国当代诗歌选本"微信公众平台 2015 年 11 月 3 日）

梁文昆 liang wen kun 的诗

为什么要活下去

我还有忠诚，它在结婚证里
我还有爱，隔壁睡着我的儿子
我还有未了的心愿——写一首成功的诗
我还有没见到的人，他住在另一个城市
的一间旧房子里
我会活下去，我爱吃卷心菜
还有酸牛奶，我还想穿更多的棉质裙子

我会活下去，我对自己说：
我能保持身体的清洁也能保持灵魂的自由

我能忍受住孤独，像世上
只有一个人一样

我会活下去。

（原载"诗歌是人间的药"微信公众平台 2015 年 12 月 17 日）

林莉 lin li 的诗

短句

我爱着春夜的潭水
它弯曲着，沉静、幽蓝

我爱潭水中的游鱼、迷雾和孤舟
月光下，它们有着模糊的面容
窒息的美。犹如今夜
我独坐潭畔，动了不死凡心

犹如某个古老的时辰，你忽然
读到这短句，无端泪涌

一切，不多不少
恰如你所见，我爱——

我爱这深潭状清冽沉默的命运
以及湿漉漉的呼吸

（原载"诗藏阁"微信公众平台 2016 年 3 月 13 日）

刘年 liu nian 的诗

白云歌

不害怕雷电，我害怕静静的天
不喜欢殿堂，我喜欢青草、白雪与荒原

季节的更替，总是准过皇帝的更替
死亡让生命如此壮丽

爱自由，爱自然，爱水风流动的衣裙
不爱的人，我赠她以黄金，爱的人，我赠她以云

（原载"浅吟低唱西海岸"微信公众平台 2016 年 7 月 20 日）

刘 山 liu shan 的诗

河流的自述

我静止或流动
用身体贴紧大地的一处伤口
我匍匐、跳跃
看另一条河流和我对望
闻到两岸的艾草气息充满了乡愁

一次次被自己覆盖
一次次在梦中站起
我有幸成为我的一部分
生和死在我的怀里同时操戈

我和未来有过约定
和远山缠绕不清
我在诅咒和赞誉中穿越人间的悲喜
我放弃故居的桃花坞、秋林渡
远涉他乡

这里的飞鸟、落花似曾相识
漩涡里是谁在打捞灵魂

谁在暗度陈仓，成为漏网之鱼

最后，我将受命成为一条路
用野花做血液，不回头也不干枯

（原载"诗歌界"微信公众平台 2016 年 9 月 6 日）

路攸宁 lu you ning 的诗

岁尾

你渡船远去，而我，不断向山顶攀爬
亲爱的十八岁，我们就要分别了
并且，不再相见
山长水远，记得怀念

（原载"尝试赞美这残缺的世界"微信公众平台 2016 年 6 月 15 日）

罗启晁 luo qi chao 的诗

谁是那个巨人

谁是那个巨人？
白天是他的手心，
夜晚是他的手背。
他玩弄着自己的手掌，
把手心翻过来，
又把手心背过去。
随着他手掌的翻转，
我们奔波劳累，
有时又安然入睡。

（原载"诗人阵线"微信公众平台 2016 年 3 月 17 日）

毛子 mao zi 的诗

夜行记

群峰起伏，仿佛语种之间
伟大的翻译

就这样穿行于峡谷中
我们谈起了人世的爱和变故
——谈起简体和繁体曾是一个字
弘一法师和李叔同，是一个人
昨天和明天，使用的是同一天

当谈到这些，天地朗廓，万籁寂静
唯有星河呼啸而来
像终将到来的
临终关怀……

（原载"诗歌是人间的药"微信公众平台 2015 年 12 月 17 日）

弥赛亚mi sai ya的诗

四根羽毛

当记忆衰退，就像大海
吐出光滑的沙滩
伊莎贝拉，我几乎忘了你
曾经进入过我的领地

我那秘密的花园，长年住着一个
聋哑的园丁。假如他今天
刚好修剪完灌木
假如我在不经意间

逛到了此处，假如你
还和从前一样
假如这时候北半球正值雨季
伊莎贝拉
我要重申对你的爱。

（原载"突围诗社"微信公众平台 2016 年 2 月 9 日）

魔头贝贝

mo tou bei bei<u>的诗</u>

弹指经

院内。从巢穴飞落晾衣绳，四只燕子。当我开灯。
窗外树门紧闭。只有阳光，才能打开它们的翠绿。
睡梦就是练习死。
想到一些事。那些一代一代被忘记的，化为繁星。

（原载"诗藏阁"微信公众平台 2016 年 3 月 15 日）

木鱼—苑希磊

母亲

我是她儿子
是她情人，是她其中的一块耻骨
是她血管里养活的一头

温顺小兽
我是她年老色衰后的
另一个自己。

这个瘦巴巴的小女人
用她贫瘠的腹部，给这个世界
鲜活的生命。并用
干涸的乳房，让我停止哭声

她有全世界的洪流与波浪
她有阳光的四季。蒲公英一样
她又用风将我吹离
一所老房子拴住了她的一生
打磨了分明的棱角

我该怎样来描述

她的过去，与那盐巴凝结的微苦

阳光明媚，温暖被我穿着

我是她的。是她长长短短的一生

我是她的儿子

我是她的信徒。

（原载"诗歌是人间的药"微信公众平台 2015 年 12 月 17 日）

木槿mu jin 的诗

在秋天，说起少小离家的人

我不愿接受一些事实，比如：

七月二十，我的户口离开了苏木

我与爸爸妈妈隔了诸多城市

要习惯粤语、回南天、八个月的夏天

在秋天，我并不比谁过得潇洒

我羞于怀念家乡的事物

我不懂民俗和历史，如此顺理成章

在秋天，有人歉收或者丰收

说起少小离家的人，我不愿承认

我的虚伪、自私和狂妄

我的口是心非

我是歉收的小女子

在秋天，如果有一场雨来临，我要

携带闪电和雷鸣

在窗前，为对面楼顶的小树祈祷

它多像我，孤零零地望向天空

艰难的样子

无家可归的样子

（原载"诗和远方潇潇雨"微信公众号平台 2016 年 11 月 3 日）

南南千雪 nan nan qian xue 的诗

安

多少次了，安

我把你又爱了一遍

我把你的嘴唇爱了一遍

我就把哲学、卡夫卡和粮食爱了一遍

我把你身体的每一个凸起爱了一遍

我就把野草莓和郁金香爱了一遍

我把你的影子爱了一遍

我就把茫茫大野和苍鹰爱了一遍

我把你的外套和围巾爱了一遍

我就把梵高、莫奈、米罗爱了一遍

我把你的心爱了一遍

就如同你把我爱了一遍

多少次了，安
我们在敌人的窥伺里直起腰身
启齿微笑
拥抱，分不出彼此

（原载"纯诗"微信公众平台 2016 年 3 月 29 日）

尼玛松保 ni ma song bao 的诗（藏族）

他们

他们骑着马
从雪山下驰过
那片有记忆的温暖地
是他们的梦

他们在草地，搭起帐篷
野炊的日子，有青稞酒做伴
他们的话题
不是行进路上的风雪
而是前方的格拉丹东

（原载"藏地诗歌"微信公众平台 2016 年 1 月 8 日）

诺布朗杰 nuo bu lang jie 的诗（藏族）

亚哈姑娘

让我变得沉默、变得焦虑不安的

亚哈姑娘

沉甸甸的银盘是我们的信物

我约你在村头

那里有我们吹过的最好的风

我约你在丛林

那里长满密密麻麻的野蘑菇

让我如痴如醉的

亚哈姑娘

天快要黑了，我在等你

我要歌颂你的好

更要歌颂你的坏

（原载"中国诗歌学会"微信公众平台 2016 年 9 月 2 日）

潘无依 pan wu yi 的诗

性与觉

在不同男人的体内
只有我认得黑夜
请别问为何你会如此着迷
因为我给你的是海
请别问为何我不属于你
因为我是所有人的唯一
爱情并不遥远
这只有爱过的人才知道
死亡并不可怕
这只有死过的人才知道
世界可以是你的
世界可以是我的

（原载"诗与画"微信公众平台 2016 年 5 月 25 日）

盘妙彬 pan miao bin 的诗

又日之为宫殿

山楂树开花
很自己的事
山楂树全身开满白花，几乎无人看到
年年三月
云漫岭上一堆堆雪白无瑕的山楂树出现
我称之坟或墓

树下，我埋葬自己的过去和将来
每一次，我都会躺在那里死去很长一段时间

（原载"白花的花"微信公众平台 2016 年 6 月 17 日）

钱文亮 qian wen liang 的诗

老人

他已经看不到未来
只有床单在他的手中　再不能
展开
用它捕捉一切？
汹涌的海水　摇晃的桅杆　投降一样的
白帆

他的脚步
在地板上挪动　每一步
都像是跨过了一生
热血的追逐　肥胖的满足　擅权
和猎艳
手下的干将
在黄金国的要隘把守

他要抓住最后一缕夕阳
表彰自己灿烂的晚节

然而教堂的钟声并不为他而响

（原载"长江诗歌出版中心"微信公众平台 2016 年 7 月 7 日）

秦三澍 qin san shu 的诗

深浅篇

1

不如说，你的后悔先于你
把夏初的蝉鸣抛在脑后；尽管
它未出世，就用啼哭为春末的你
传授了脱壳与苦肉的艺术。

蜕皮不是件容易的事。
至少我知道，你和同伴
为此奔往泳衣店，观摩过店主
如何抄一根针，挑破
强行入赘的喘气的云层。

他的绣花针既能避雷，又能
在你们光洁的背部丈量出心思。
有那么一会儿，你耳朵里的毒蛇
又开始敲击它金制的舌头。

2

如此，还担心什么水温与湍流，
担心经期刚过的县城
会不会习惯性地热情一把，
兜头为你们免费冲澡？

你后悔了。欢声扶住你不稳的脚，
从远处袭来的水柱，像脐带
抽取你不易察觉的乡愁。

不过是因为，你们刚褪下的春衣
被夏日塞进药葫芦里，调制出
什么护体的金衫。观望的云呵呵气，
为你们敷上冰粉与水银。

3

有些刻薄，但很热。
难道未出世的蝉，竟昏聩到
指定你去水中刺探物理定律的弹性？
何不自问，在相似的事物间，
是不是选择了衰败的那个？

在工作和时日之间，在鸟和摩托之间。
说到这儿，你望向同伴们的膝盖
将生蚝般的鲜肉榫接，
任海浪清洗它们的壳？
你选择了自然还是自然的造物？

4

挨个地，你们拿衣衫传递过什么，

像半空中的水球在胸前隆起
雕像般生硬的心跳：手持听诊器
贴近心脏的夹层，夹你。

差一点，掘不出内心的珊瑚，
当你潜伏水中，有无猛虎加持，
飞机过境，或者预售的蝉鸣
伺机转动避雷针，强行炮击谁？

但脚下的沙滩被你揉成面团，
等待新生活发酵于过过往往？
你坐实的滩坑挣扎着起身，
想象良人在远方，把水鸟埋进土里，
记忆不知深浅地睡眠。

（2016，上海）

（原载"文艺负心"微信公众平台 2016 年 8 月 12 日）

青小衣 qing xiao yi 的诗

突然

去年，我小一岁
也小不到哪儿去，只比现在小

白发没有现在亮，眼神没有现在冷

前年，我小一岁
也小不到哪儿去，只比去年小
脚步没有去年重，心也没有去年疼

记不清是在哪一年，突然就中年了
仿佛刚入冬，夜幕一下子降临
时间提前了

可是，夜长了
睡眠却越来越短。多出来的黑时光
又加重了颜色

等黑夜全部吞噬了白天
那一刻，我的亲人，请不要责怪我
突然把你们都放下了

（原载"白花的白"微信公众平台2016年6月23日）

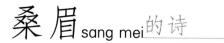

桑眉 sang mei 的诗

不是医生，是疾病

柜底、床脚、凳子下面、门旮旯里……

散落着药片，和抿化一半的水果糖，
以及被灰尘掩盖的痰痕。

在他呼噜里安睡了五年的女人；
那个可以轻易找到他坚硬的壳的缝隙的女人；
可以用一个眼神牵出他温柔触角的女人；
不辞而别好一阵子了。

床上的双人枕沦为道具。
现在他 21：00 左右就给卧室闩上插销，
不敢听摇滚、不敢敲键盘……怕惊动隔壁
一旦被惊动便整夜失眠的母亲。

他有时烦他母亲，苦着脸、逢人说个不停、
说着说着就哭开了，
但他女人在身边时，难受时，他会
一把抱住女人，喊：妈。

我想过了，只要能让他觉得踏实，
他喊我什么都可以，
我其实不是医生，是疾病。
（所谓，同病相怜！
左小祖咒跑着调在唱：我不能悲伤地坐在你身旁……）

（原载"海峡国际诗汇"微信公众平台 2016 年 2 月 5 日）

霜 白 shuang bai 的诗

六行诗

我爱过你。我爬得很慢，
用我的身体丈量你。而你用荆棘刺伤我。
我像蚯蚓一样吞吐着，一层层翻出你的
黑暗和寒冷。但我还爱你。
我的爱那么深。你把我体内的光擦亮，
它照彻我每一个角落，我是那么远、那么深。

（原载"赤子诗人奖"微信公众平台 2016 年 3 月 17 日）

司玉兴 si yu xing 的诗（藏族）

风从乌鞘岭下来

春的枝头，乌鞘岭没有绿意
风追赶着风，一场雪来不及融化

草原空空，靠着阳光
雪山挪动鹰的守候
经卷打开莲花的形状

一粒沙石，牧草串成的眸子
牛群卧倒一片白，卧倒一片雪花的忧伤

源头。我内心的中央
声音穿透河流，留下船只

我春天的漩涡，抖下一地清澈
水做的姑娘已渡过天边的思念

（原载"藏地诗歌"微信公众平台 2016 年 5 月 17 日）

宋雨 song yu 的诗

河

没有比克兰河更熟悉我的河了
出生的时候，我在它的东边
成长的时候，我在它的西边
出嫁的时候，我又在它的东边
爱一个人的时候，他在西边
恨一个人的时候，他在东边

（原载"撞身取暖"微信公众平台 2016 年 5 月 13 日）

王浩 wang hao 的诗

品尝

我等待光，如同把手伸进糖罐的男孩。
指尖蜂鸟儿般震颤，在下午四点
全神贯注，投入那柔滑如蜜的蕾丝之海。
死神沉睡在她的身躯里，这不难证明，
只要帆张开双臂，我便能嗅到柠檬椰奶的香味
与顺着叶片滴落的永恒的房契
在多风树林中，将夏日的阴谋密封入欢欣，
它天鹅般的引诱把奇迹呈现给气候
并哺育来自水星的死亡之吻。
它知道，阿特拉斯，像火刑柱般的迁徙，
使晨霜中的龙舌兰不会动摇，即使
那会儿阴影密集于长颈瓶，你夜晚舒展的三重生长
以及薄荷般的叹息，它们依然不愿意
消逝，在我的舌根，它遥远如群星的回忆中。

（原载"中国诗歌学会"微信公众平台 2016 年 8 月 22 日）

王芗远 wang xiang yuan 的诗

在晚风中

在晚风中
众鸟回巢
树枝上下抖动
落日照在很多地方
我的扇子不敌自然风
驴子与我各得其所
在你面前停下，深深地
看你。小星辰仍在激烈旋转
你是不是你的另一个

（原载"长江诗歌出版中心"微信公众平台 2016 年 3 月 1 日）

旺秀才丹 wang xiu cai dan 的诗（藏族）

尘世生活

轮回不是我们的前生
或来世的故事
它依附着身心，在一生中无数次上演
有时一天中也会涅槃
然后下坠尘世，继续走边修边行的路

我们或许渴望高处
也会在低处享受
快乐和对快乐的追求
骨髓里伸出的无数只紧握花的手

时而在平原上种植罂粟
又在喜马拉雅收获凛冽的清风
也会去第三处，吃着食物
点盏灯，生育着子女

一瞬就是百年
一刹那死生无数个来回
大多时候我们不知道因为什么

只是顺从欲望或秉性去收割，任风吹拂

从海底，喜马拉雅火山一样崛起
对于纯粹的世俗生活，它有相对的高度
起点可能比低处还低，但坚挺的上升态势
看起来漫长的变化之路
恍若千年
也许只是须臾

为了在最高处过一种生活
每时每刻都可以从所在地出发

（原载"中西现当代诗学"微信公众平台 2016 年 7 月 27 日）

吴大康 wu da kang 的诗

你可以

你可以像我一样
带着夏天出访秋季
你可以让石头开花
让河流到天上
你可以像我一样心怀思念
折断所有的桂树

你可以满目疮痍

从苦难中生出诗意

你什么都可以

就是不能像我

这般爱你……

（原载"诗客"微信公众平台 2016 年 3 月 29 日）

西望长安 xi wang chang an 的诗

当我老了

当我老了，白发苍苍

我应该有拐杖，花镜，以及

饲养白头翁的子孙。湖边应该有我的座椅

预定的墓穴，骨灰盒

和等我死去才肯辨认的花草。为此

速生林还会忍耐下去。我还会每日服食一粒

落日炼成的金丹

反复揣摩你来世的样子

因为老，我愈发想你

因为老，我流下的泪不算饱满

但充满张力

（原载"诗与画"微信公众平台 2016 年 2 月 11 日）

肖寒 xiao han 的诗

写了那么多

写了那么多的诗：
白色的，黑色的；大的，小的；
坚硬的，柔软的；活着的，死去的。
我无法为它们一个个地起出很好听的名字，
就像我无法为自己找到更好的
活着的方式。
我写出它们其中的每一首，
就好像我又倒退了一步，
有种千帆过尽的谦卑与超脱。
写了那么多的诗，
和那么多个自己较量。
实际上，我一生都在
与自己过意不去，与自己撕破脸地抵抗，
与自己拼个你死我活。

但是我，
写了那么多虚伪的诗，
用了那么多无辜的灯火。

（原载"小镇的诗"微信公众平台 2016 年 3 月 21 日）

肖 水 xiao shui 的诗

风景

我梦见某处，风已经发生，无须太长的路途，
月光将使一丛栀子的阴影，变得洁净。
是的，就是这样，我在雾中等你，
我不介意参加完自己的葬礼，再步行回到这里。

（原载"诗歌岛"微信公众平台 2015 年 12 月 15 日）

熊 曼 xiong man 的诗

悲伤时，我写诗

吃苹果很多年
我喜欢咬下去时

那一声清脆的"嘎——嘣"
好像咬碎了生活坚硬的部分

昨天,我买了一盆非洲茉莉
它有好看的茎叶和花蕾
像一个人短暂但耀眼的青春
多看一眼是一眼呀

今天,我开始写诗
我不知道为什么要写诗
但当我随手写下
山中的浓雾便淡去了几分
一些鸟鸣啊,露珠啊
就顺着光线滴落下来

(原载"诗藏阁"微信公众平台 2016 年 3 月 18 日)

燕七 yan qi 的诗

散步

想一个人在黄昏随便走走
一直走到天黑
站在一棵槐树下

等路灯一盏盏打开
四月的星星慢慢亮起来

那时我总是这样等你
那时我没有现在孤独

（原载"小镇的诗"微信公众平台 2016 年 3 月 21 日）

阳 子 yang zi 的诗

爱我，带我回家

你在自己的身体里寻找涯岸

你奋力进出自己的身体
一些游移不定的痕迹
观赏性地张开、愈合
过程寂静无声

拉长忧郁的阴暗你拉长自己
反复说话，向未来的方向说：
爱我，带我回家

那些睡着的物质显得漫长
醒来的是栅栏般排列的肋骨

脆弱得有些难以启齿
你唱哑剧的手穿过它们
细节退入时辰的第二个瞬间

一滴血改变性质漏下更小的蜜
恐怕一粒尘埃也是轻盈的骨骸
风筝似的装满飞翔的打算
"爱我，带我回家"
在灵魂衰败处
在洁净处

（原载"cunzaishikan"微信公众平台 2016 年 3 月 20 日）

杨键 yang jian 的诗

悲伤

没有一部作品可以把我变为恒河，
可以把这老朽的死亡平息，
可以削除一个朝代的阴湿，
我想起柏拉图与塞涅卡的演讲，
孔子的游说，与老子的无言，
我想起入暮的讲经堂，纯净的寺院，
一柄剑的沉默有如聆听圣歌的沉默。
死亡，爱情和光阴，都成了
一个个问题，但不是最后一个问题，

我想起曙光的无言，落日的圆满，
而没有词语，真正的清净。
没有一部作品可以让我忘掉黑夜，
忘掉我的愚蠢，我的喧闹的生命。

（原载"赤子诗人奖"微信公众平台 2015 年 12 月 23 日）

杨 角 yang jiao 的诗

和尚石

一块石头在河边坐下来
一条河的流水都动了恻隐之心

经书就该这样去读
把满头青丝，读得光秃透顶

一块石头，以光头的形象
把一条河谷变成了一座庙宇

终将刻上一个人的名字
作为石头，你听不见它内心的掌声

（原载"白花的白"微信公众平台 2015 年 11 月 27 日）

杨孟军 yang meng jun 的诗

落日

阳光照耀太久
夜晚终将把你涂黑
如果我们不及时相遇
月光将无法煮沸，你怀中的
另一半海水

（原载"纯诗"微信公众平台 2015 年 12 月 2 日）

叶邦宇 ye bang yu 的诗

车上小坐

细雨，就像是把玻璃落破了
这不仅仅是透明带来的错觉
这也是错觉带来的透明

正如我此刻的静止——我看不见
它的速度，它，只是它依赖的运动
让我产生的幻觉

一只飞鸟，再高也高不过自己的飞翔
只要很低的天空，就可供它
寻找新的平衡——这时候，仿佛

看到它在重心上移动，它收紧翅膀的
那刻，好似宇宙的一个
小小秤砣

（原载"星河"微信公众平台 2016 年 6 月 19 日）

衣米一 yi mi yi 的诗

他们在教堂，我们在床上

像白球碰红球
又像白球碰彩球
你忽然说，摸着乳房
像摸着月亮

我们忘记了锋利之物
比如锤子和镰刀
他们也这样，王子要娶灰姑娘
白金汉宫再一次举行
世纪婚礼

与上帝握手言和时
他们在教堂，我们在床上

（原载"诗人读诗"微信公众平台 2016 年 4 月 30 日）

亦 幻 亦 真 yi huan yi zhen 的诗

我想和自己整夜喝酒

我想和自己整夜喝酒，
让即将的黎明，
只是杯底的劫后余生。
让一条路无关风月，
却春心荡漾。
让流年在三杯两盏里大声喧哗，
却无人听见。

我想和自己整夜喝酒，
让对面的影子升起好看的孤独，
好看得泪水遮不住。
让语言不再委曲求全，
纵情荒唐于一座城池。
让悲和喜都如鱼得水，
夜色里提前布下慈悲。

我想和自己整夜喝酒，
让不相关的事从今白头偕老，
让虚度明目张胆，

让许多无意义相聚正欢，
让人生退步，
也让爱与恨，
终于握手言和。

（选自"青春的散文诗"微信公众平台 2016 年 3 月 22 日）

亦来 yi lai 的诗

海边所幸

所幸夜雨歇于清晨，大海浮出如此亲切。
所幸天空明、银滩媚，小椰林哪理会秋深。
所幸清风不鸣，飞鸟不拂，你不寻它便不现。

所幸城市一退十里，潮水空拍羞怯。
所幸赌场隔海相望，想冒险却不能历险。
所幸夜里的劳动者休息，满街都是洁净的人。

所幸四顾通透，唯脚下阴影像兽皮。
所幸一事无成，两手空空，三十不立。
所幸爱我的人弃我而去，她们因此幸福。
所幸倾慕的人无缘结识，愿他永持真理。

（原载"长江诗歌出版中心"微信公众平台 2016 年 7 月 7 日）

易羊_{yi yang}的诗

霓裳

等这些衣裳穿完了，
冬天就来了，
等这些布用完了，
我就会死去。
冬天更需要美丽的衣裳，
而死亡，
是在喜悦中
回家。

（原载"撞身取暖"微信公众平台 2016 年 4 月 2 日）

游若昕 you ruo xin 的诗

天线

在家里
我把头发扎起来
在头顶
竖起一根天线
我写诗的时候
感觉
李白在天堂
连接我的天线
给我信号

（原载"长江诗歌出版中心"微信公众平台 2016 年 5 月 31 日）

俞心樵yu xin qiao的诗

敬天，或回忆

我的所需已经不多，我写的诗也不需要
太多的读者，有时候，只有你一个人读
我会很高兴，有时候，只有我自己读
点上了烟斗，慢慢读，我也很高兴

我对环境的要求也不高，包括舆论环境
脏乱差就脏乱差吧，雾霾就雾霾吧
用不着去挤公共汽车，宁愿一个人走
远一点，蓝，蓝天的蓝，天，蓝天的天

有时候，我认为迷信的人才是最美丽的
比如，在吃饱喝足之后，烧一炷香敬天
我对自己的要求不高，为了让天管着我
我认为听天由命靠天吃饭才是最美丽的

值得高兴的事情，当然包括对你的回忆
相机，手机，空调，纽扣，拉链，账单
哼着曲儿回忆，像树根对落花的回忆
抽着烟斗回忆，像码头对流水的回忆

（原载"走诗犯"微信公众平台 2016 年 8 月 15 日）

臧棣 zang di 的诗

清水湾入门

——赠阿信

上午，大海的蔚蓝因人而异。
椰树的阴影比棕榈的阴影
显得要强烈。青牛向西，但事实上
你无法想象庄子没见过大海。

下午，我用海浪加深了对你的认识。
一转身，沙滩的金黄已将人生的颜色
彻底暴露。海风加强了出口的警戒，
幸运的是，蔚蓝的大海并不因人而异。

（原载"小镇的诗"微信公众平台 2016 年 3 月 29 日）

张绍民 zhang shao min 的诗

从前的灯光

吹灭灯

黑暗就回了家

许多夜里

我们灭灯聊天

节约煤油

话语明亮

那天来客

深冬的黑夜

娘点亮两盏煤油灯

灯光亮出了白天

屋里堆满了光的积雪

没有好吃的

娘用灯光

招待客人

（原载"诗同仁"微信公众平台 2016 年 3 月 18 日）

张文质zhang wen zhi的诗

清晨事物

清晨事物的无人地带，你看一眼
烟尘走势，你的信仰此时总是最多，
因为团结才能渡过难关，断裂
才能拯救患病的老人——
他们排着迟缓的队像给我驱魔。
怜惜即将错过的灌木丛，
每天，数字无法排列到达的山崖，
我曾是低飞的麻雀，我伪装成
草垛的一部分，我麻醉自己
不至于从某棵树上坠落——
所有的地方都保存着骨灰——
低头，你发现不了踪迹
仰望光，就能得到一个误解
我来自何处，活泼而又惊讶。

（原载"反客诗歌"微信公众平台 2016 年 3 月 21 日）

张晓雪 zhang xiao xue 的诗

香体之殇

邛崃山脉的獐子，是我眼里的
小鹿。一出生，它就颠倒了苹果
和苹果树下根茎的滋味，颠倒了
寄养、流浪和迷路又可返回的
山坳。它默认地衣、石蕊和
汶水流动的节奏为母亲，在绿色
过剩之时冒充色盲。

其实，那褐色的温顺有对自由的
非分之想。它隐匿的分泌物常使
绳索爬上悬崖，起伏不安。
急促的呼吸总是越离越近，越来
越重。它转身
在荒坡上飞奔，喘息。
直到前腿低跪，矮于树木、杂草。

怯怯地，它望着压在云头的太阳。
瘦小的影子投落在地，耳朵
翻动，皮毛收紧，把刚刚睡着的

光芒，晃成一场雪崩。

（原载"中国诗歌学会"微信公众平台 2016 年 3 月 17 日）

张玉明 zhang yu ming 的诗

犀牛之歌

我是犀牛。
亲爱的，你一针见血的针管子没有用。
犀利这个词我也喜欢，
然而，我始终在怀里揣一把卷刃的刀子。
我擅长以刀背置敌人以死地。
亲爱的，我用文火将自己
煎熬。一服汤药 20 年。你告诉我啊
小仙女，喝还是不喝。
我是犀牛。
亲爱的，你是一只好看的翠鸟
栖息我粗糙的，厚厚的皮肤上。
我铠甲般的皮肤，惭愧啊，感觉不出什么是疼，什么是痒。
亲爱的，请你原谅。你不理解也就算了。
你想飞就飞，我真的不会拦你。
世界上没有伤感的犀牛。我没有温柔的眼泪掉给你。

（原载"孤岛诗歌"微信公众平台 2016 年 3 月 28 日）

张执浩 zhang zhi hao 的诗

最好的诗

——给谈小话

最好的诗应该在两个人之间发生
譬如我和你，譬如你和另外
一个你；最好的诗
像那只昨晚来到世上的羊羔
今晨以世间所有的活物为母亲
最好是这样：你叼着一根青草
从梨花树下跑到桃花树下
结果浑身落满了李子花
最好不要结果啊
花一直开，一直这样开
像你在夜色中手握方向盘
公路盘旋，探头灯直达黎明

（原载"撞身取暖"微信公众平台 2016 年 4 月 14 日）

赵文敏 zhao wen min 的诗

散步

我们同时出门
看桃花盛开
看柳枝发芽
看路边的小草
一个挤着一个

我想你那里的春天
也可能和我这里一样
黄昏都是一个黄昏
空气挨着空气
生活里的每一件事
都充满细节

(原载"小镇的诗"微信公众平台 2016 年 3 月 21 日)

这样 zhe yang 的诗

天伦

豆角伸到瓦顶，母亲在厨房蒸芋头
妻子给女儿梳头发
儿子放学回来，窗口下写作业
窗外有泡桐花和田野，黄昏的光芒
像神灯，从天窗上照下来
感谢生活馈赠我的一切
我有：母亲，妻子，和一双儿女
有墙壁上挂着的父亲
有三世同堂，寂静如春的一天
尘世是一间朝阳的瓦房
我越来越像一位父亲
坐在门槛上，摘雨后新鲜的毛豆

（原载"浅吟低唱西海岸"微信公众平台 2015 年 11 月 30 日）

周公度 zhou gong du 的诗

女友通信录

我们一起去了动物园
但我们还没有一起去植物园

我们彼此给对方买过衣物
但我们还没有互相熨过一条手帕

我们爱着同一只爱打架的猫咪
但我们还没有一个两人的餐桌

我们有次在街道上亲吻
但我们还没有在阳台上相爱

我们曾经执手相对着泪眼
但我们还没有吃过同一枚橄榄

我们有许多事情要一起做。

（原载"小镇的诗"微信公众平台 2016 年 3 月 21 日）

左右 zuo you 的诗

兄弟

——给苏明

我差一点就拥抱了你，在一刻钟
我差一点就拥抱了你，在兰州，在风刮得像割玻璃的凌晨

第一次见面，车刚出站，你熟悉得像我
当兵五年归来的堂兄

坐在出租车里，你多次露出虎牙，对我傻笑
我慌张掏出纸笔，却什么话也写不出，只好假装很冷

路过黄河口岸，我看见我们挨在一起的影子
我小心翼翼把它捏在手心，生怕它无故跑掉

两天的时间真短。我掏出手钟，拼命将它往后拨弄
但时间也很孤独，伤得只剩雁过留声

要走了。我在人群里不断回头
你立在原地，眼中的泪光颤颤跳动

你走后，我把在兰州的一天
不断唠叨成我的一生

（原载"诗歌高地"微信公众平台 2016 年 2 月 26 日）